淡淡地活，慢慢地老

情韵悠然 著

中国华侨出版社
·北京·

图书在版编目（CIP）数据

淡淡地活，慢慢地老 / 情韵悠然著 .—北京：中国华侨出版社，2018.11

ISBN 978-7-5113-7769-2

Ⅰ. ①淡… Ⅱ. ①情… Ⅲ. ①散文集—中国—当代 Ⅳ. ① I267

中国版本图书馆 CIP 数据核字（2018）第 225233 号

淡淡地活，慢慢地老

著　　者 /	情韵悠然
责任编辑 /	黄　威
责任校对 /	高晓华
经　　销 /	新华书店
开　　本 /	670 毫米 ×960 毫米　1/16　印张 /15　字数 /180 千字
印　　刷 /	三河市华润印刷有限公司
版　　次 /	2019 年 2 月第 1 版　2019 年 2 月第 1 次印刷
书　　号 /	ISBN 978-7-5113-7769-2
定　　价 /	39.80 元

中国华侨出版社　北京市朝阳区静安里 26 号通成达大厦 3 层　邮编：100028

法律顾问：陈鹰律师事务所

编辑部：（010）64443056　　64443979

发行部：（010）64443051　　传真：（010）64439708

网　址：www.oveaschin.com

E-mail：oveaschin@sina.com

- 自序 -

墨海无边，以书为巢。

写作的过程像鸟儿筑巢，一字一句，如泥，如草，如羽毛，不断地积累，不断地巩固。这是一个幸福而又艰辛的过程。此巢以我生命的泥土气息和思想的羽毛为材料，随性积累而成，事前并没有做过设计，它是我走过的岁月留下的光芒，有我心灵的温度。2018 年春天，我为灵魂筑的第一个巢穴即将完工。

作为一个写作者，定期的回顾与整理是必需的，这其间一定会重获美好，也一定会发现不够完美的地方。

这是我的第一本散文集，选取了 2012 年至 2017 年个人较为喜欢的篇章。这些文章以写实为主，以本人的生活经历和所见所闻为基础，不论描写自然，还是述说人生；不论说自己的事，还是说别人的事；不论写日常生活，还是写远方的风景，都融进了自己的思想和情感。

大多数人的生活是平淡的，但平淡的生活也能体现思想的高度与深度。人之高大，是灵魂无处不在的觉悟。生命之美，美在有一双会发现美的眼睛和有一颗会感受美的心。我大部分时间都在熟悉的家庭、单位、城市间行走。我除了享受平常的人间烟火，还学会了欣赏大自然，懂得每一棵草每一朵花都蕴含生命之美。一个人返璞归真后，便从简、静、素中抵达自由和丰盈。我把这些美好的感觉都写成了文字，这使我乐此不疲。

近年来，我喜欢回忆。在故乡生活了二十年，很多美好的事物和情感深入灵魂，这是用之不尽的财富，我写作的灵感很多来自故乡。岁月匆匆，时光易逝，但乡情永远不变。那美丽的小鸟天堂，那金黄的稻海，那清新的乡间小路，那亲切的乡音，那热闹的集市……我的生命在那些美好的记忆中丰富着，幸福着。当你读到我的故乡时，希望会有共鸣。

我甚为感激我笔下的一切人和事，他们一次次地唤醒我的知觉，使我发现自然之美、人性之美、时光之美，使我发现自己的卑微、无知、浪漫、悠然、理智……

这些文章是我对事物的特殊意义和特殊美感的表达，从中可见我的经历、志趣、个性等。

世间万物，你我皆在其中。愿与真善美相伴，与自然同行。在万物中发现生命的真相，在文字中完整生命的过程。

有人说，散文姓"散"，就是散漫、自由灵活的意思。这种自由灵活，表现为在服从内容需要的前提下，写法不拘一格，任意起止，文理自然，姿态横生。因为散文的灵活性，让它因作者的不同而千变万化。如果要我说出散文的样子，我会说："散文的样子，是蝴蝶累了，蹲在树叶上休息，对树叶充满感激，对前面的花朵充满期待的样子。"

杨朔说过："好的散文就是一首诗。"苏联作家巴乌斯托夫斯基也指出："真正的散文是充满诗意的，就像苹果饱含着果汁一样。"我个人也喜欢灵动诗意的语言，同时喜欢浸染人生哲理的思想。

"以诗，润色生活；以思，深刻生命。"这是我多年来的写作方向。

我写故我在，你读故你在。我们在文字的天空里相逢，如同一只鸟遇见一朵云，一起快乐地飞翔，一起纯粹地交流，一起聆听岁月的回声，一起抵达生命的本真……

目录

Contents

第一卷 · 草木卷

- 核桃花开 -

小时候，妈妈常把一筐筐核桃挑回家，开壳，取果肉。

妈妈说核桃可以吃，而且很好吃。我渴望吃它的肉，于是想办法敲开它。曾以为比它大的拳头能征服它，念起手落，结果落得个号叫泪流，它却不动声色。望着它像地图、像山丘、又像波浪的脸庞，我惊慌失措。我开始警惕，它并不是容易妥协的家伙。我想，是否可以以柔制刚呢？于是把它放在掌心里，轻轻揉它，汗水染湿了它的身体，它似乎很开心，不停地在我掌心里转动。可是，无论我揉多久，它依然不破不扁。是骄傲吧，是顽固吧，是漠视吧，这样的家伙，我通常叫作魔。如此一种魔，它到底有着怎样的一颗心呢？

我找来一个小锤子，对着它一敲，它溜走了。看来，它的戒备心很强。我干脆把它捉起来，左手按住它的身体，右手拿着锤子用力一敲，终于听见"嘣"的一声，开了，定睛一看，面目全非，壳和肉混在一起，分不开了。原来，它的心如此脆弱。原来，核桃不可貌相。望着核桃碎乱的心，我的心也乱进骨头里。

有些人表现骄傲、冷漠，不是看不起别人，不是自私，不是无情，恰恰是因为脆弱，怕受伤。脆弱的心，需要一个坚硬的壳来保护，像核桃一样，如果盲目去敲打，就会碎。

妈妈说，要想打开它，是要讲究方法的，要把核桃凸起的部位朝上，用力扶着核桃，用锤子轻轻敲开。我按妈妈说的，用力扶，轻轻敲，一下不行，再加点力，两下不行，再加点力，敲了几下，它裂开了。轻轻一掰，它的果肉就出来了。

我惊讶，它的心竟然像一朵花，一朵整体似心脏，纹理似大脑，穿着金黄外衣的花。如果女人可以叫女人花，男人四十可以叫一枝花。那么核桃的肉如花，也可以叫核桃花。

如此一朵美丽而脆弱的心，需要细心敲击才会开，一下一下，像微风，像轻语，真诚地融入它，一旦取得它的信任，它就会义无反顾地为你打开整个心。

其实啊，心与心之间就是这样的，多一些真诚，多一些耐性，多一些时间磨合，就会互相了解，互相信任。像敲核桃一样，敲着敲着，就敲出一个朋友、一个知己。

我小心翼翼地剥开它的外衣，洁白如玉的身体呈现在我眼前。我情不自禁地把它放进嘴里，是香、是脆、是甜。再细细品味，觉得有淡淡的涩味留在嘴里。到底是一朵隐忍热情、抑制芬芳的花啊，在坚固外壳的压制下，定有苦涩的经历，这种经历，足以让一朵花把自己的外表练就成一只魔。

　　不，如此能忍的核桃花，怎能称它为魔呢？应该称为佛才对。我曾经最佩服的是玫瑰，因为它懂得在身上长刺，看谁不顺眼就刺谁，谁要是太用力握住它，它就让谁流血，以此证明贞烈。而核桃不长刺，不伤人，它用粗陋坚硬掩盖美丽芬芳，它用规避别人的方式来保护自己。

　　最近常在家里放些核桃，有空没空也抽时间来敲敲核桃。我发现，我的心与核桃的心越来越默契，只要我轻轻敲一下，它就会开得很完整。

　　秋阳那么温和，适合捧一捧核桃，坐在阳台的地板上，一边晒太阳，一边用心敲核桃的心。一颗颗心，如花般开在真诚的敲击下。我看见，心与心之间流淌着幸福。

- 向日葵 -

　　行于绿道，右边是紫红的三角梅，左边是高高的白杨树。我的眼神时而向右，时而向左，思想游离在左右之间。这境地美是美了，只是还没有怦然心动的感觉。不经意间，在白杨树的间隙处，瞄到了一块田，田上竟然长着无数精神抖擞的向日葵。它们黄得那么热烈，一朵朵，得意地骑在叶子的肩膀上，迎着太阳，笑得正美。那姿势，那神情，一下子就吸引了我的眼球。

　　有人说，如果你喜欢自己，也会喜欢上跟自己相似的东西。如果你不喜欢自己，就会着迷于那些心中向往的神秘的优秀的东西。我是喜欢自己的，当我遇见向日葵时，也情不自禁地喜欢上了。我想我与向日葵有相似的个性。

　　其实每一份热烈都要经过时间酝酿才能表现出形神之美。向日葵最初是含蓄的，在世界的一个小小角落里，它感受到了太阳的魅力，于是内心有了一份向往，向往热烈。哪怕自己是渺小的，也要绽放出热烈的神采。

　　看这个花蕾，正在含蓄地，静静地酝酿一场热烈。紧紧地用线把欲望织成一个圆盘，埋藏着蠢蠢欲动的心，让粒粒细胞萌芽发育，直到它有足够的能量，足够的心智，才尽情绽放。

　　它的热烈是成熟的。它经得起太阳的照射，经得起世人目光的探测。它不折不挠地坚持自己热烈的姿态，独立地生存在自己的空间。它吸引很多喜欢热烈的人走近，却不会灼伤喜欢它的人，它也不躲避厌恶之人的目光。它的坦荡，来源于它的成熟。

　　蜜蜂恋它，因为它的热烈中带着甜蜜。有热恋般的能量，吸引着喜欢甜的蜂儿。

　　它一直在沉默地等待，等待喜欢它的蜜蜂，等待喜欢它的人。蜂儿来时，任蜂儿扎进它的心，痛也愿意。它知道，这一生除了为自己，为心中的信念而活，也为喜欢自己的人而活。

　　它不与身旁的树木比高，不会支生出藤条来攀附着缠绕着树木向上生长。它深深地扎根在爱它培育它的田上，为一份自然而热烈，为陪伴它的绿叶和欣赏它的人群而热烈。它不理会妒嫉它的弱小花儿们仇视的眼神，也不理会阴森之人责怪的目光，它认为没有那么大的心就开不出这么热烈的笑脸。它深知自己的渺小，从不奢望有太阳那么大的能量。

　　它从意识到自己会绽放的一刻起，就预谋着一个方向，那个方向是太阳光线最强烈的方向。它一生似乎都是为一个执念而生长——背向阴暗，面朝阳光。

它执一方向，恪守在一块田上，热烈绽放。

它的美不只是热烈。

－ 丝瓜花 －

从游泳池爬上来，躺在树荫下一张懒人椅上，抬头凝望天空，心空无事，感觉天空的广阔和明净属于我，任我飘游。

把视线从高处收回，环顾四周。水的蓝，树的绿，栏杆的红，小狗的白……细数着眼前熟悉的事物，似乎在找寻，找寻吸引自己灵魂的东西。谁也不知道什么时候会遇见让自己惊喜的事物，并冲动地向其走近。

不经意间，视线飘到对面一幢楼房上，眼神一拐，在一楼的阳台上撞见了几点黄色。神出鬼没似的，摄住我的魂，激起我内心的惊喜。我看见，一条条绿藤带着叶子和花朵从地面攀至房顶，那些花儿，像一个个小喇叭，吹鼓着热情。它们黄得那么鲜艳，一朵朵轻巧地抓住藤，立在地上、花盆上、木栏上。在炎炎烈日下，毫不保留，坦荡荡地开着。瞬间，我拾起一条大浴巾包着身体，拿着手机，义无反顾地向它们走近……

不理会头发和衣服还在滴水，迅速绕过游泳池，奔走在一条青砖路上，忽略烈日，忽略两旁景物，遗落一路脚印，俨然一头精神充沛、勇敢积极的狼。心里很明白，我已被那些花的姿态和颜色深深吸引。

近了，我停在一个大花盆前，定睛一看，原来它们不是喇叭花，而且每朵花身上都有被虫咬过的伤痕，我震惊了。原来一切都不是远看的样子，它们竟然背着那么多伤，满目疮痍。我的心突然乱了一下，这样的它们，我还喜欢吗？答案马上就出来了，我在心里坚定地说，喜欢，而且更加喜欢。因为它们美得那么坚定，也因为我执着于第一感觉。

有多少人可以像它们一样，满身伤痕，不遮不掩，坦然接受命运，不放弃绽放的机会？人生的完美不是形式上的完完好好，带着残缺绽放的生命，是本质上的完美。

站在花儿面前，那灿烂的黄色仿佛是流动的水，在我眼前泛起波涛，带我澎湃，带我勇敢。每一朵花像小小的帆船，装着生命的琼浆，乘着风，乘着阳光，扬起笑脸，斗志昂扬地在浪尖上前进。而我，不带任何对命运的埋怨，不带焦虑和痛楚，只带着生的喜悦，陪着花儿冲浪、摆渡、前进。那是来自灵魂的舞蹈。

围着栏杆转，我在两根栏杆的间隙上看见一条丝瓜，原来这是丝瓜花。

－ 烟花树 －

在我家小区附近的马路边，有几棵紫荆木棉花树。

每到秋天，它们特别惹人注意，因为叶子落光了，树上的粉红色花特别显眼。初看它们，总想起那些寂寥的爱情，一朵朵，没有叶子的厮守，顽强地，用粉红色的初衷，独自爱到最后。

三年了，树越长越高，树根越来越壮，叶子落了又长，花谢了又生。一次次地，花与叶相伴一段时光后，叶子便匆匆离开。我看见那些花儿似乎越长越自在，越长越淡然了。看透了缘分，便无所求、便不紧张了吧？

人亦是，不管爱情或友情，不一定会一起走到最后，看透了缘分，人的心便越来越自在。自在的心不紧不张，自在的心可以生出很多空闲的时光来，这些空闲的时光，空了怨恨，闲了纠缠，像一片留白的天空，可以在其间任意想象或思念，让生命变得非常美妙。

有时一天一次，有时一天多次，我带着一颗闲心经过树下，偶尔抬头闲数几朵花，然后想象洒下来的阳光，是一片片痴情的叶，泛着绿意。一些浪漫的情节，像溪水流过眼前。一缕缕清风过耳，像恋人弹的琴音，飘飘绕绕。

一个人，步调逍遥，走在宽阔的路上，大地数着我的闲步，走着走着，到了食店，吃一碟肠粉；走着走着，到了市场，买几只苹果；走着走着，到了书店，读几首诗。一路欢愉，只因有一颗闲心。

那儿，树一直立着，花仍在浪漫，仍在芬芳。总有像我这样的路人，不说承诺，不谈爱，却已把花儿藏在心里。

夜来，又想起花儿，放下手中书，去走走。远远看见，月亮挂在树枝上，月光抚慰着花儿，花儿正歪歪斜斜地诉说着什么，月光似温顺的爱人，正用心聆听。地上，花影绰绰，隐约成诗。瞬间，花儿像烟花一样，点亮了黑夜。

从此，我叫它烟花树。

一朵一朵，在黑夜里，明明白白、悠悠闲闲地燃烧自己，告诉路人，情感与温度都在自己的身上，你的燃烧，你的美丽，只与自己有关。

树下的我，踩着花影，被一片月光轻拥，花香和温柔走进我的内心，我也像一朵独自悠悠闲闲地燃烧的烟花。

－ 随手拾来几株草 －

是几声鸟鸣把我拐走的吧？或许不是，有些人总是健忘，把自己丢了，然后又到处寻自己。

天空是开放的，树林是开放的，所有大路小路是开放的，我控制不了自己走进这些无禁忌的地方，外边一定有一个开放的自己，等着我去会合。

云朵在头顶晃悠，我抬头望了望，没有发现乡容。一只鸟时停时飞，它划过的空气变成了帛画，我是画中人，跟鸟的轻盈有几分相似。有口哨声从溪边传过来，仿佛在赞美一幅画。往溪边走去，经过一丛杜鹃花，它们的灿烂有点过分，让身边的树木禁不住暗下去，我没有惊喜，也没有惭愧，对炫目的杜鹃早已习以为常。我只是对一些投影在栏杆上的花影感到好奇，它们像旧东西，像凋谢后留下的灵魂底色，和正在绽放的花儿比，多了几分持重，不发香味，不随风响。我把手伸向一个花影，空空的，像没云的天空；静静的，像无声的诗句。忽然，一块镜子出现在我面前，我看见自己变成了天空，白纸一样，可以随意写诗。

在一个老藤绕柱的园子里坐着，看木柱在老藤的怀里午睡，太阳快落山了，木柱还不愿醒来。我坐在它面前，它不知道；风来了，它不知道；光阴走了，它不知道。它就是春天一枚最成熟的果实吧，唯有成熟的果实，不恋光阴，不求繁茂，不动声色。一回头，我的思绪被风吹落，朝着几棵长着橘子的橘子树走去……

这块曾经长满滴水观音和野草的地，不知什么时候种上了橘子。我是很久没来这个小角落了，记得滴水观音柄长、叶大、开出的花形神皆似观音，被称为佛手莲。我喜欢极了佛手莲这个名字，觉得它是心性慈悲的植物。然而这样的滴水观音却有毒，其叶汁有毒，根茎也有毒，不宜亲密接触，更不容弄破它的身体。曾在草丛里看见一棵被拔起的滴水观音，椭圆形的茎像芋头，却不能吃。有毒的东西终会被遗弃吧，不然怎么会不种滴水观音，而改种橘子呢？地上的野草都被铲除了，只种了几棵橘子树，稀疏地长着橘子。不应该啊，这样的地，要让野草自然生长才美，忽然怀念那些可爱的野草。

离开橘子地，漫无目的地走。在路上，看见几棵被铲除的草躺在凤凰树下。我蹲下身来，把它们拾起，像拾起一段被遗弃的人生，随手放进口袋里，带去一个安全的地方。

回到家里，用水把几株草洗干净，养在小鱼缸里，像闲养一首诗。书房里仿佛长出清风、绿荫和小鱼。袅袅升起的香檀烟雾，绕着草儿，转圈，形成仙境。

　　草若仙，置人间美境。我若草，被时光拾起，置在一种忘言的关怀里。

－ 长在心里的树 －

那个秋天的黄昏，我如雾，思维像散开却紧紧凝结的雾，挣扎在没有缺口的牢笼里。漫无目的地走，一直走，忽略所有风景。突然，一片树叶轻轻地划过我的脸，柔柔地落地。我无端地停下，拾起了那片树叶，像拾起一缕温柔，然后揣在手中，无端地依恋那片刻的温柔，无端地流出一行泪。抬头，望着你一脸的葱绿，如一缕淡定的阳光注视着我，泪在你的注视下慢慢蒸发，升腾。当泪水成为一片洒脱的云，一股暖流迅速涌进我的心底，不知不觉地坐在你身边。

以你无言相对，默数你的年轮，默数你的叶子，默读你的灵魂……

这么长的一条路，这么多瞬间飘落的叶子，为何只是你的叶子刚好触到我的脸？好像一场等待已久的重逢，好像命中注定的缘分。就这么简单地，你温暖了我，收复了我的情绪，进入我心底最柔软的地方。

此后的岁月，我没有刻意记住你，但不曾把你忘记。三毛说：不求深刻，但求简单。我们之间也只是一次简单的遇见，可是这样的简单却深深地印在我的脑海里。我自然地记住了你的位置，记住了你的容颜，你成了我生命中一个温暖的念想。

原来，记住一样东西，有时仅仅是一个眼神或一种绝境逢生的感觉……

三月，春回大地，我正在走向你的路上，很轻松，没有一点沮丧。因为轻松，视野变得广阔，才发现一路上满眼都是树，只是这千树万树，只有你才是我记忆中的那棵树。沿路还有溪水流动的声音，但我也无心倾听，只随着心的方向走。在一个转弯处，"嘣"的一声，头撞在一棵树上，如此招摇的一棵树，竟生在路口，低头看见几片红色花瓣落在地上，夺目的红引起我的好奇心，这到底是什么树？竟生出如此艳丽的花。抬头望去，此树伟岸修长，有四层楼那么高，树顶上挂着很多蝴蝶似的红花，眼球一下子就被吸引了，只是心里强烈地想着那棵树，脚步还是随着心走去。

我终于知道，留恋一棵树，不是因为它很美很优秀，而是因为有了特别的感情。纵然刚遇的这棵树能开出蝴蝶般美丽的花，也只能让我欣赏一会，怎能取代那棵有感情的树呢？

终于，又望见那棵树。它仍旧站在原来的地方，比之前高了，长了新枝和新叶，但它在我眼里的温柔是不变的。它周围，还有很多长得跟它相似的树，排成两行。我哑然，为何上次没发觉有如此多类似的树？原来，当你钟情于一样东西的时候，就会执着地只看它而忽略周围的东西。再看时会发觉，曾钟情的东西也许很普通，可因为赋予了感情，就会在心里有截然不同的感觉。

　　我用微笑跟周围的树打招呼，身体一跃，跃到那棵树身边，紧紧抱住它，有久别重逢的感觉，亲切、轻松、兴奋。这，真不是随便什么东西可以代替的树。

　　打开三毛的《简单》，轻轻柔柔地读给树听。很喜欢"简单"这个词。简单是轻松的象征，是快乐的来源。而执念一树，是否也是一种简单？不然哪来的轻松？在这短暂的相聚里，没有杂念，只守一段简单的时光，浅笑，低吟。

- 一树果 -

第一次走这条路，车多人多灰尘多，我紧闭双唇，摒住呼吸，在一个斜坡，快速前行。在一个拐弯处，一树繁密的果子撞入我的视线，我的目光紧紧地揽住它。心，一不小心就被果子拐了去。马上停下，退回几步，站在路旁细看它们。这是一棵高过房顶的树，树枝上长着一串串果子，绿色，圆滑，密集。一伸手，才发觉果子有铁栏挡住，铁栏上有很多拇指那么大的孔。

这一树诱人的果子，在栏内，在众目睽睽之下，疯长。挡住路人的铁栏，多么像一个美丽女子的理智，美，而不故意诱惑谁。我以为果子是为了吸引我而长得那么美，原来不是。

果子是冷静的，长得再繁茂也是冷静的，在一栏理智内日复一日地修炼，栏外的人来车往与它无关，在一个庭院里，独自妩媚，独自丰盈。此时不管我的目光多么炽热，也干扰不了它。

有人说一个美女随便一站一坐一举手一投足都是一种诱惑。是的，美的东西都具诱惑力，可不一定是有意的诱惑，如果你试图走近她，她一定会用行动告诉你真相。如果她不让你得到，不附和你的主意，甚至不望你、闭口不与你说话，你还能说有意诱惑你吗？

有些诱惑只与长相有关，与心思无关，而长相，生来就没有罪，如这一树果子。

铁栏之外，有人走过，有车驶过，有风吹过。我没有动，静静地，陪着一树果子，看着果子凑成一朵朵花意，绿静素韵，不羡月，不追风，独往成熟的方向生长。

－ 一树刺 －

去派出所办户口簿。入大门时，爱人突然温柔地对我说，你在附近散散步吧，这里环境很好，我自己去排队就行了。

对于爱恋植物，我显得有点疯狂，常跟爱人一起走路时，会突然停下，细细欣赏身边的植物，任爱人一个人走远。以前他回头时，会远远抛来一句，快点走，别看了，花草有什么好看的。每当听到他这样的话，我都感觉是一种刺。

疯狂久了，不只变成习惯，还会变成平常，平常到身边的人乐意接受，有时还有意促成你的疯狂。或许，爱，到最后都是把对方的快乐视为自己的快乐吧。

春天适合行走，满目繁花，锦绣时光。我带着柔软的孤独走在一条安静的绿荫道上，抬头望空中的云朵，它们像一朵朵轻松自由的词，洋洋洒洒地落在我的心头，且带着阳光温暖的体温，多想做春天最浪漫的爱人。

活在好时光里的人，总是不愿醒来。

可是在一棵长满刺的树面前，我突然醒了，而且害怕。

仿佛这刺，是毒针，走近，就会中毒。仿佛这刺，是一只只恶魔的手，密密麻麻，隔着距离，也能捏碎你一脑子的诗意。一阵凉，涉入我的心。放眼望去，前面还有很多这样的树，想掉头走，却又不甘心错过别的风景。

突然想起核桃，那丑陋生硬的外表下隐藏着一颗如花般美丽的心。我开始放下戒心，放柔目光，慢慢地走近这些长满刺的树。它们静静站着，并没有伤害我，我越来越觉得它们并不可怕。带刺的外表或是语言，有时是别样的善良，提醒你做错了事，提醒你要保护自己。

刺尖硬，是因为刺直率。直率的东西，不圆滑，但天真善良。我鼓起勇气，伸手紧握一根刺，感觉刺有着自然本真的温度。这些刺，是小众的，容易被人关注，却很少人敢于亲近，它们孤独，但它们坚定、饱满。

随着一声声鸟鸣，春风绕着一树树刺，绕着路，起舞，吟唱。我随着春风转，隔着距离抱着一树刺转，远处传来阵阵琴声，脚下的小草挥动着小手打拍子，我看见，所有的刺都笑逐颜开，我笑了，春风也笑了，笑得那么柔软……

- 缠绕 -

很多时候，走着走着，突然看见一面墙上，或一棵树上，或一个木栅栏上，有一些鲜活着或干枯着的藤缠绕着它们。

藤与墙的缠绕，一缠就是一世。枯萎了，还要保留缠绕的姿态，直到岁月风霜腐烂了它们的身躯，随风飘落。

一面墙，它纯粹地立着，从来不知道会有什么东西会缠上它。一条藤，它自然地生长着，从来不知道会在某个白天或是夜晚，在某个转角处，一伸枝蔓，就靠上了墙。墙不拒绝，藤不逃避，一天天地缠绕下去。像母亲与孩子，从怀孕那刻起，就骨肉相连，缠绕一世。像我们与自然，从生下来那刻，就与空气和阳光等密不可分，死了也与泥土或海水缠绕。像知己之间，从认识那天起，就关联起来，用某种方式缠绕着彼此。

站在被藤缠绕着的墙面前，像是在观赏一幅画。我相信，在这幅画上，有心人都可以找到契合感。此刻，我的目光与这幅画缠绕上了，在凝视中，我懂得了某些东西。墙是慈悲的、博爱的，它默默地接受每一段缘，从容地面对每一条藤的依靠，不以藤来喜，不以藤走悲。藤是纯真的，自然的，遇上墙便缠着，从东绕向西，从南绕向北，延伸着生命的枝枝蔓蔓。

缠绕，并不只有一种形态、一种方式。

缠绕有时是有形的，有时是无形的。有时交叉、有时平衡。有时紧，有时松。有时短暂，有时长久。有时有意，有时无意。

我们在尘世行走，不是一条固定在某个地点生长的藤，与任何东西都不可能时刻靠近，然而与某些东西缠绕上了，即使隔着千山万水，也会在思念中缠绕。就像我们与亲人与故乡，即使没有常见面，即使相对无言，也会在默契中缠绕；就像面对一首诗，一件陶瓷，灵魂与灵魂缠绕。

缠绕无处不在，无时不在。工作时与工作缠绕，睡觉时与爱人、与梦缠绕，听歌时与歌曲缠绕……你只要生命着，就与有关联的事物缠绕着。

命中的缠绕，都是一段际遇。缠绕的苦痛喜乐充实了我们的人生。缠绕的美感源于温暖，缠绕的痛源于太紧。

我愿与尘世有一份轻松而温暖的缠绕。

- 一首萌动的诗 -

那一池荷，正在萌动。

去年夏天，它绽放了极致的美，它用清艳点燃了欣赏者的热情。到了秋季，人潮急退，它也迅速地隐没了。又到三月，风正暖，一池春水被风柔柔地漾起，泥里的荷苏醒了，萌动着对世界的眷恋。

我不是为了欣赏它的美而来，只是闲了，习惯来走走。找块有树荫的大石坐着。靠着树，任视线游离，眼前是这一池荷塘，不管我想不想看它，它的素容就像一张网一样，网着我的视线。平凡的风景，恰恰更能让人修心养性，当我无心搜索艳丽，无意追逐繁华，心向的，就是一份平静。

呆坐，会让一个人的目光慢慢变软。软绵绵地望着眼前的一切，那些生硬的、粗糙的、普通的事物，都可能被你的目光软成一首柔美的诗。而那首诗，是自己的灵魂。此刻，在这三月的荷塘里，我像看到一首萌动的诗，正柔柔地在我面前摊开它的情节……

如果绽放了，离凋谢就近了，这是多少人心中的感叹。而萌动，离凋谢很远。处在萌动状态的荷，让人联想最近的，是满池绽放的美。所以，萌动象征着希望，向往着美好。

荷的萌动，不急。看它，缓缓地，懒懒地，准备用三个月时间，去酝酿一池美丽。那么随意地，在水面上铺几片薄嫩的荷叶，有的还卷着身子，把脸藏在皱褶里。池边几枝红灿灿的花探长身子，快要抵到荷叶的面，荷叶在静默中收容了它们的灿烂，却让欢喜沉于心底，一脸的波澜不惊。

不想与它们争艳，只想默默地萌动一种情愫，无须任何人看懂。

其实，它是在等待，等待那个最适合自己绽放的季节。它更是在享受，享受这个萌动的过程。

当你的热恋正在降温，走向冷淡时，你会突然想要时光倒流，回到初见时，让芳心处在萌动状态，悄悄地暗藏喜悦，不急着表露，不急着绽放，将美隐在无言处。这世间很多感情都是在冷却后不再复生。只一次萌动，只一次热烈，就在冷淡中走向灭亡。所以，失去过的人，都害怕了冷淡，介意了热烈。从此，只想一直坚持在一个萌动状态，不再追求那短暂的灿烂，让一段爱情永不开花。

当你拥有一份真挚的感情，经历过一次又一次平淡与热烈的交替。生生不息，无数次从近似死亡的冷淡中复燃。就像荷一样，一年复一年地循环着萌动——热烈——凋落的规律。你就会像荷一样，从容地萌动，尽情地绽放，坦然于冷淡，从不绝望。

　　南方的三月，一路繁花吸引着人们的眼球。这悄然萌动的荷，连一个小小的花蕾也找不到的荷塘，有多少路过的人愿意停下脚步，细细品味它萌动的美感？大多数人都喜欢关注流露于表面的美，而忽略暗藏的美，也没有多少人愿意体会等待的美。

　　三月的荷塘，是一池无言的隐约美，是一首萌动的诗。

　　风轻吹，水微漾。

　　泥与水之间，有一种情愫，正在萌动……

－ 冬荷香犹在 －

没云的天空，蓝蓝的，清清的。

我一个人坐在石头上，石头是熟悉的石头，坐过无数次，此时有点冷，透过裤子，腿明显感到寒意，不禁颤了一下。从背包里取出一件毛衣，铺在石上，再坐下，感觉暖和多了。这么冷的天气，我却心甘情愿地想着办法来这儿陪你坐坐。在今年的最后一个季节，我赴了自己设的约。

湖水绿静绿静的，湖中的亭更安静，满池残荷已被清洁工打捞过，留下几枝残梗、几片破叶，零零碎碎地铺在水面上。像是一场粗暴的风经过后，遗落下来的记忆，已安然，沉寂于此。

阳光射进湖水，深绿染上光晕。一阵风吹来，一湖寒香自水中散发出来，像是你的香气。我确信，你的灵魂还在，你只是换了一种方式与我相知，那香气，透着芬芳，宛如夏季的你。当我辨识出你的气息时，眼前的一切马上生动起来，心也安稳下来。

隐去的荷，不在，也在。

有些存在，无须婀娜，无须茂盛，无须语言，只要一份能感知的暗香，来自刻骨铭心的记忆。那是在心里未曾忘记过的娇艳，形成一种永恒的意境，委婉着所有远远近近的想念。

六月的荷塘，拥拥挤挤着荷的热情，难免视角混乱，难免不冷静，难免不清醒，也无法领略思念的美。今不见荷，内心反而清醒，反而看得更明白，明明白白着心里的喜欢和挂念。无形无声的东西，有时比实物比语言更有神，更深入灵魂。

风时起时停。我却一直闻到你的香气。似乎听见一个熟悉的声音在呼唤我的名字，我遁着声音深入你的灵魂，接合了我们三季的相知。我看见，湖水开始不平静，在水面上画了两个圈，仿佛要把荷的灵魂画在水里，却不经意间画进了我的心里，我的心，随着圈儿幸福地荡漾。没有枝繁叶茂，没有花团锦簇，远离了面对面的疲惫交涉，远离了隆重的形式，只在灵魂深处深知厚得，这种美，像饮一杯清凉甜润的茶。

放眼四望，几片睡莲的叶，孤独地躺在湖中，像一个世界的幸运生存者，用一种闲情，用一种不自觉的爱抵换生命，看不见焚心似火的激荡，散散慢慢地，染绿一湖水，淡薄而深情。

与湖相对，鸟无踪，花无影，杂念俱净，我掉进时光的湖里，染了一身荷色。

我的心，轻如微风，暖如阳光，带着绿意，带着荷香，与湖水一起笑迎春天。

- 山稔 -

　　我喜欢小小的山稔，生于硬地，不需人打理，却开出漂亮的花、结出饱满的果子。我的童年有山稔的影子，从山脚到山顶，途经无数山稔树，闻过无数山稔花香，也摘过无数的山稔果子。山上所有草和树都是野孩子，它们用纯真的目光丈量着村庄的岁月。山稔树不寂寞，作为一个野孩子，一旦在山上扎根，就有了野花野草相伴。

　　天马山中的山稔子，是我上小学时吃得最多的野果。学校在天马山脚下，人坐在教室里，望向窗外，就能望见山稔树。

　　山稔树矮小，跟我小时候差不多高。嫩枝上灰白色的毛像小鸡毛，柔柔软软。春分，山稔花悄无声息地结苞，像在枝丫间玩魔术，陆续绽放。此花五瓣，或粉白或粉红或微紫，中间多条黄色花芯，似桃花。五月，山稔花开得最热烈，一片片，一簇簇，在山上铺展，开到荼蘼，像千千万万只鲜艳的蝴蝶站立枝头，沸沸扬扬。

　　初见山稔花，那色彩，那形态，那阵容，使我兴奋不已。

那年清明节，我与亲人上山扫太公的墓。从山脚一直往山顶走，每一步都遇见山稔花，使人目不暇接。山稔树太繁密，挡住我们的视线，我们看不见太公的坟墓。亲人估摸着位置，拨开山稔树的枝叶，好不容易才找到太公的坟墓。太公就躺在茂盛的山稔树间，看花开花落，听风来风去，在村庄最高的地方，安静地守护着亲人。此时，新花伴旧坟，山稔花随风摇曳，像一群孩子围着一个老人嬉耍，想来太公必是开心地笑了。父亲说，山稔树的叶可止血、止痛、止泻，如果受伤了就摘几片，揉碎后，就直接敷在伤口上。

天马山上埋着很多死人的骨头，有的建了坟墓，有的只用一个坛子装着骨头埋在山泥里，雨水一次次冲走坛子上的泥，有人不小心打破了坛子，露出骨头。小时候，认为死人的骨头就是鬼，人若对骨头尊尊敬敬的，鬼自然就不会整弄人。我每次经过那些或完整或破烂的坛子，都诚心地拜一拜。看那么多的山稔树都在山里与死人的骨头和谐相处，年年开满漂亮的花，结满鲜嫩的果，我相信山上的草木都是善良的，每一棵山稔树都是人间的天使。

我认为，家里的四季花，乡间小路的小黄菊，田园里的油菜花、南瓜花，都不及山稔花漂亮。

在我小小的心灵里，对山稔花特别敬慕。它们年年开得那么好，不需任何人伺候，呼吸山泥之气，汲取日月之精，与风舞，与雨唱，被蝴蝶和蜜蜂所青睐。时光，在山稔花的开落中天真着，也幸福着。

山稔花谢了，便结稔子。

刚结的稔子黄豆那么小，圆圆的，绿绿的。七月，稔子成熟，呈紫黑色，壶形，手指头般大小。熟透的稔子，是孩子们垂涎的美食，采摘山稔子更是一种乐趣，喜欢哪个就摘哪个，有时摘一颗吃一颗，有时装在口袋里。装满两个衣袋，再装满两个裤袋，冲下山，跑回家。低头望望口袋，紫红色的果浆湿透了口袋。伸手掏出来，稔子瘪瘪的，掌心紫紫的。心里忽地下起雨来，那雨，打着滚儿，从眼里滑了下来。

在那个食物缺乏的年代，孩子们盼望山稔树快开花，快结果。稔子一成熟，就往山里钻。长大后，再也没有去天马山摘过稔子。

村庄像一个老人，每一块砖、每一条路，都显得斑痕累累。村庄睁着浑浊的眼，看着村里的孩子出生、长大、离开，留不住每个走远的身影。一直陪着村庄的是天马山，还有山上的草木。天马山上的山稔树还在吗？它们是否还那么天真地开，那么饱满地笑，站在风中，站在太公的坟墓旁等我来。天马山越来越老，天马山上的坟墓也越来越老，山稔花的新容，山稔子的鲜美，给天马山注入生命力和灵气。

这是山稔给我的记忆。直到某天回乡，见菜市场上有人卖山稔子，才发现我已多年没吃过稔子。它们一粒粒，拥拥挤挤地躺在篮子里。它们身后，站着一个皮肤黑黑的小伙子，咧开嘴，无邪地望着我。我把手伸进篮子里，挑了一粒饱满的稔子，剥开一点皮，把浆挤出来，再慢慢地往嘴里面送去。久违的味道，在舌尖上舞蹈，蛰伏已久的记忆一点点被唤醒。走出市场口，那个小伙子已混入了茫茫的暮色中，汽车的喇叭声带走了我的童年，村庄渐渐远去……

去年，回爱人的故乡小住了几天。老屋旁有一片高高的竹林，竹林里终日静悄悄，清风徐来，我靠在一棵老竹上，给竹子背诗。见邻家小狗步来，神态悠闲；见一只母鸡带着一群小鸡在捉虫子，活泼可爱；林外有几间低矮的小平房，炊烟从小平房的烟囱飘来。我爱上这充满烟火气息又宁静安逸的境地。忽见在一丛竹后，有几棵山稔树，露出可爱的脸庞，我像与童年伙伴重逢般喜出望外。

刚刚经历了一场夏雨的山稔树，叶上花上雨水未干，稔子皮肤晶莹，肚子饱满，像一粒粒珍珠。树上，几只蝴蝶飞来飞去，最不怕人来。尤其像我这种携了一身思念的他乡之客，素心相遇，暗香满怀。因为山稔树的存在，我更乐意称这里为我的故乡。

次日清晨，推开卧室的窗门，望向山稔树的方向，它们像一群不谙世事的凡胎俗子，在风中摆头晃脑，在啜饮露水，在期待朝阳，在体会天地的灵气。我陷入原始的冥想中，想是否可以像山稔树那样活着，不理会世道的艰辛，亦不在乎生活的琐碎，且把心安放一隅，和日月同呼吸，与山林共命运。

那几天，我像山野里一条清澈的小溪，静静地流淌在蓝天白云下。山静心始明，竹秀花愈闲。漫步在一条山路上，听鸟鸣，闻花香，在竹下吟诗。倘若遇见久违的山稔子，便随手摘下置于掌中。多想，就停留在这样的好时光里，终此一生不醒来。

- 柑香飘扬 -

这是吃柑的季节，然而，让我想起柑的，不止是冬季。

常常想起柑子，还有那些柑树，柑地。因为，曾经有一段很长的岁月，不分季节地与柑地在一起。世事都是这样的吧，曾经深深地接触，曾经毫无保留地付出感情，就再也难以忘记。就像那口古井，终身不忘；就像老屋阳台上那盆月季花，常在梦里出现；就像邻家的老奶奶，那眉目那耳朵刻进脑海里。

如果没有下雨，不管天冷还是天热，周末的时候，我都要到地里干活。

穿着一身花布衣裳，带上一把镰刀，骑着自行车往地里去，在那弯弯曲曲的小路上像鸟儿一样掠过晨雾，路上铺着细沙子，车轮辗过时，满路的细碎声响是宁静中最惬意的交流，露珠儿还未来得及跟草儿告别，便被车轮霸道地带走，草尖儿拼命摇晃，也留不住与露珠最后的温存。

这一望无际的绿色地带，里面除了小路，小桥，小河，剩下的就全是柑地了。

那么宽大的地，那么多的柑树，叫陌生人分不出方向。这是一个生产队里所有人的地，每户人家都有一份或大或小的地。我家五口人，占地就是三亩。柑地里，柑树下长年都长出野草，一次又一次铲除它们，它们一次又一次生出来，俨然一场场简单的游戏，长年玩着，没有新鲜感，却早已习惯。

三月暖阳下，爱看那一朵朵绽放在柑树枝头的细小白花。每当小白花开满枝头，整块田就像花海，常常站在其中，被那芬芳气息迷惑，忘了脚下的杂草。就像一个男人被妙龄女子迷惑，忘记了还要工作。就像那些盘旋在枝头上的蜜蜂和蝴蝶，迷着、恋着，不愿离开。

蹲在树下铲那些杂草，一阵风吹来，那些花儿便随意飘几片下来，落在我的发上、眉上、肩膀上、脚下……轻轻的，痒痒的，像恋人间的细语，叫我怎能不分心？这个时候，往往把锻练来的耐性忘得一干二净，把镰刀放一边，拾起那些小花，揣在小手掌里，揉着，闻着，满手的花汁，香香的……望着，望着，过了一段时间，树上的小白花怎么就被我的眼神望成了绿色小圆点呢？那时感觉自己的眼神真的好厉害，像个魔术师。

五月，满树挂满了小圆点，黄豆那么大的，像个无邪的婴儿，我总是傻傻地望着它们，嘴唇跟额头的刘海得意自然地翘起。可是，我不敢去碰它们，生怕弄伤它们细小的身体。蹲在树下铲那些杂草，时不时抬头望望这些小圆点，就似有了伙伴，有了对视的朋友，那时的我从来不觉得一个人藏在柑树林中是一种寂寞。

最怕那树里的小虫。有一次，看见妈妈把一条两厘米长的白色小虫从树根上用铁丝挑出来，放在一个破碗里，我在一瞥间看到了它黑红的嘴唇和一节节伸缩着的身子，感觉要往我胸口里爬；好似一个坏小偷，要偷我纯真的心；好似一个恶魔，正想吸我的血。我全身的毛孔一下子竖了起来。或许它并不是那么难看，假如它不是危害柑树的坏蛋！只是，看不出妈妈对它有怕和恨，是不是妈妈认为它的存在是自然的，也像柑子那么可爱呢？是不是好虫坏虫都有可爱的一面呢？

九月，突然就发现满树的柑子长大了，绿绿的，圆圆的，鸡蛋那么大。一串串地挂着，压弯了枝条。风来时，摇啊摇，像对天空笑，像对大地点头，像对熟悉的我扮鬼脸。此时的我们，一般的年纪，不经世事，有点顽皮。顽皮的它们对我做鬼脸，顽皮的我也对它们做鬼脸，心心欢喜，坦荡得像天空的云。

如果下雨，有些贪玩的柑子就从树上落下来，躺在泥土上沾那湿软的泥浆，弄得满脸满眼黑黑的，此时我像细心的姐姐拿着它们到河里冲洗，然后放在袋子里，带它们回家。玩腻以后，抱着好奇心剥开它们，咬那细小的肉瓣，酸酸的汁直让人后悔得不知所已，眼泪鼻涕一起流……总归是不成熟的东西，给人折磨，给人苦涩。就像那十八岁的姑娘，只有光滑的脸……

柑子的生长速度总是让人追不上，一个不留神，它们便胖了身体，黄了颜色。

十一月，天冷了，我只能瘦着身子巴着眼神，在冷风中观望它们成熟的魅力。

有人说，张扬的外表是没有内涵的表现，我看不尽然。看这个萧条的冬里，成熟的柑子们穿着亮丽的外衣，给这个世界装点出艳丽，带给人振奋和希望，像是冬天里的暖阳，照耀着大地和人们的身体。谁能说它没有内涵呢？成熟的柑子是吸引人的，那种成熟不只是外表的金黄，更是它内在的甘甜。冬天里成熟的果子就是最坚强的吧，不管多冷，那金黄的脸色也不会变色，从从容容地挂在树上，沉甸甸地拉着枝条，犹显厚重，犹显明媚。

内涵是时间的积累，是风雨吹打下的坚强，是甜润的内心。剥开鲜艳的表皮，柑的内涵是丰盈的，咬一口，满嘴甜润，满心欢喜。或许就是因为对柑子的喜爱是那种由外至内的喜爱，注定了我热爱橙色的东西。每当穿上橙色的衣服，就会觉得容光焕发，精神奕奕，觉得自己是一只坚强亮丽甘甜的柑子，肯定会招人喜爱。

新鲜甜润的柑子挂满枝头的日子，我是不能专心铲草的，总是有私欲，总想占有那几只特别漂亮的柑子，常常趁着妈妈不留意，跑到树下，伸出那只魔爪似的手，冲动地摘下它，快速脱去它的外衣，迫不及待地咬下去，一口，两口，狼吞虎咽，然后蹲在杂草旁细细回味那满嘴的甜……

十二月，满树的柑子都被剪光，剩下柑树守在原地，独自与寒风抗衡。它们怀念孩子，但不会心疼自己的孩子成为别人的口福和营养。

一月到十二月，我就这样，看那白花开了又落了，看那果子青了又黄了，一年复一年地，铲那树下的草，优哉游哉。很多的人和事都已远去，唯有那些鲜活的回忆不随岁月而变，时时滋润着心中那块田地。

村里的柑地在二十年前已经被国家征收，如今成了高高的厂房和住房。每当这个季节来临，母亲总会买一些柑放在家里，随时可以剥一个来吃。昨晚跟父亲通电话，他说要租一块地种柑子，又让我深深地忆起那些种柑的日子。

北国雪花纷飞时，南国柑香正飘扬。

- 葵树 -

葵树，主干挺拔，无枝，像椰树，但比椰树肥壮。圆形的叶，叶柄正直，叶质平滑，厚薄均匀，像人伸开的手掌，但有几十根手指，向外伸展，指尖柔软，无数叶脉外显，连接支撑起坚硬的掌心。雨来掌心可当伞，风吹叶指舞动，像湖水荡起的波纹。葵干上，在叶柄与叶柄之间长满麻质的羽毛。

新会民间有口头流传：新会葵树的祖家在茶坑乡，以茶坑文化塔为中心，凡可见文化塔的地方都种植葵树。这点我可以见证，因为我家离茶坑乡只有几公里，我家附近种了很多葵树，往茶坑乡的路上也有很多葵树。而除了茶坑乡之外，三江、双水、七堡、天马、大洞等乡镇也有种植葵树。家乡的土围上、河岸边随处可见一排排葵树，一米的幼葵，两米至四米的成熟葵，像卫兵一样守护大海、小河、稻田。

植下葵苗，人们就有了很多活儿：施肥、除草、整水利、防虫、割葵、晒葵、制葵篷、制葵扇。

　　人们会分季节给葵树施肥，定时把葵树下生出的野草铲除，通水利。种植葵树，要耐性等待收获，一般葵树育苗要三年，移植葵苗后又要三年才可以割叶。

　　葵叶，是葵树的最大价值所在，用葵叶缝成帐篷、制成扇，是家乡的手工业之一。

　　有专门的手工业主将葵叶收割下来、晒干。热天适宜晒谷，也适合晒葵叶。每年4月至11月，分批割叶几次，葵叶割下来后铺在田基上或马路边或晒谷场上，像大地的遮光布，把阴凉留给大地，独自阳干，几天时间就能看见绿色的葵叶被晒成黄色。

　　葵叶的主要用途是做葵扇。新会葵扇，是远近闻名的手工艺品。一把葵扇，就是一把生动的秋天，扇来阵阵凉风，自然惬意，小时候，热天的晚上，一家人坐在门廊里乘凉，手执一把大葵扇，边聊边摇动扇子，很是舒畅。一把葵扇，就是一支妙笔，可摇出诗情画意，可摇来万丈才情，古代的文人雅士喜欢手拿一把精美的扇子，边摇边走，边摇边吟诗作词，似乎扇子一摇，灵感就会涌现。葵扇，命属水土，作为自然之子，成为扇子，它是环保的风扇，它是不朽的风情。

　　每一把葵扇，都来之不易。需要经过几年的培植葵树，割取葵叶，晒干，挑选、烤色，缝制，绣像多道工序。我会缝葵扇，记得读小学和初中期间，我常利用空闲时间缝葵扇，每次从葵扇厂里领回一捆烤好的葵叶、针线、竹子。一捆有五十把葵叶，葵叶要先用水泡软，将竹枝削成细细的长条，缝一把葵扇，需要三根细竹条，用竹子夹着叶掌和叶指交界处，里一条竹，外两条竹，夹紧后用针线缝合，缝合时要针距均匀，用力适度，形状对称，整体圆滑。初学时，缝出来的葵扇不怎么好看，不是形状不对称，就是针距不均匀，交货时就会被验货员挑出劣品，不给加工费。经过几次训练，就会吸取教训，越做越好，且越做越快，做出来的全是精品，那时一天能缝五十把葵扇，可以挣二元加工钱，够吃上几顿早餐了。

葵扇是有很多等级的。有些村民直接将干葵叶剪成一个圆形，不缝合、不绣图案，就当扇子用。农民大多不追求精美，不介意粗糙，只要方便，但没用线缝合边缘的葵扇容易破裂，不耐用。用线缝过的葵扇可以烙画喜欢的图案，这样的扇子用几年也不变形。用嫩葵叶做成的葵扇是优等扇，也叫工艺扇。而嫩叶有个很好听的名字叫"生笔"，当叶子刚生长，还未伸展时，用水草将其捆缠，像古时女子裹脚一样，叶肉不见阳光，收割时白白嫩嫩的，将嫩叶纵横穿插编织成设计好的形状，然后在扇上绣上山水、花树、鸟兽、楼阁等，就制成一把具有诗情画意的扇子。

葵叶另一个主要用途是做帐篷。晒干的葵叶，定量捆起来，一些手工散户把葵叶领回家，按标准缝成帐篷。小时候，奶奶天天缝帐篷，我六岁就会把葵叶搓成绳子，绳子是用来做帐篷的椎骨和修边，大针孔里系着大线，把一块葵叶分成若干块，像织布一样，被大针穿过，大线连接，做成约长四米、宽一米五的帐篷。奶奶是缝帐篷的熟手，动作娴熟，做出来的帐篷质量上乘。好的帐篷针线紧密均匀、骨络分明、厚重。帐篷大多用来当谷篷，下雨时，晒谷场上定见到一堆堆谷被葵叶做的篷严严密密地盖着，像一座座安全的小山。也有人用葵蓬当渔船的帐篷。

葵叶还可以用来做葵帽、葵篮等。由于现代电器工业和塑料工业的发展，电风扇或空调取代了葵扇，塑胶雨衣和帐篷取代了葵叶雨衣和帐篷，人们渐渐淡忘了葵树，家乡的葵林所剩无几，大多变成了楼房，有时在一些古戏里看见葵扇，感到十分亲切，家乡的旅游点里还有出售葵扇，一把精美的葵扇价格差不多 100 元。

取葵羽，是儿时乐此不疲的玩意儿。葵羽长在树干和叶柄之间，裹着树干。天气晴朗时，常约几个小朋友，拿着大袋子，带上一个铁钩和镰刀，去葵林取葵羽。要挑一些比较矮的葵树才够得着，葵树下常长着野草，很多小蛇和蝴蝶出没，那些小蛇不咬人，见人就跑，蝴蝶却不怕人，它在你身边飞来飞去，不惊不乍。割了叶的葵叶柄，过一段时间就干枯，村民常扯下来当柴，燃起火来特别旺。扯下叶柄，露出葵羽，一片片撕下来，像手帕那么大，塞进大袋子里，太紧的羽不容易撕下来，只能用镰刀割，高一些的就用铁钩钩下来，取满一袋葵羽，有时要花去整个下午。把取来的葵羽卖给收购部，挣下的零钱也不过够买几根冰棒。

葵树，就像我一个与生俱来的朋友，我们活在同一片土地上，我熟悉它的样子，它的性情。人生中遇见任何人，都会在其身上获得一些支持生命的东西，而跟任何植物一起，也会被它熏染出一种特别的性情。小时候，认识我的人都说我做事有耐性，想必是缝葵扇和帐篷时锻炼出来的耐性。

　　去年夏天，回乡探望亲人，妹妹安排在葵湖边的餐厅饮茶。这个葵湖我在读高中时就去过几次，修整过的葵湖比以前漂亮，建了两座刻着画的拱桥，湖中心有一个小岛，岛上种满了葵树，葵树下有弯弯曲曲的大理石板小路和大理石凳，有人在散步，有人在打太极，有人坐着听歌，一派休闲的景象，湖水碧绿，过百年的葵树犹如巨柱，高耸入云，葵叶在半空中伸开手掌，仿佛指向悠久的历史和原始的生态。湖边的餐厅设计融入了葵湖的闲适意境，摆着藤椅、木桌、太阳伞，桌上放着茶具。一边品茶，一边赏葵树，偶有小鸟飞过，享受着天堂般的美景和脱俗的闲情逸致，妙哉！

　　喜欢默默无闻、无私奉献的葵树，喜欢夏天摇扇子的风情，喜欢纯天然的帐篷，喜欢漫步在葵树下……

第二卷 · 雅致情怀卷

- 常物之趣 -

几棵树，几丛花，一群楼，一群车，这是路上常有的风景。

每一个走在路上的人都有不同的视角。眼前的事物，无心者视而不见，有心者见姿态万千。譬如一棵枯草，默默地站在大树下，环卫工视它为丑陋的垃圾，哲人看见草的轮回，诗人欣赏它优雅的姿态和身上闪亮的露珠。譬如一条木凳，有人坐在它身上休息，感受它的力量；有人观看它身上的纹路，触摸它的温度。总有一些人，在遇见一些事物后，产生共鸣共感，达到物我一体。这种共鸣共感，对于一些不理解的人来说，那简直就是胡思乱想，胡言乱语。

喜欢看画。画是有生命的，因为画家的灵性在画画时不知不觉地渗入画中。如果画画人的心无法融入物中，就只能画其形，传不了其神。诗与画同理，诗人的精神和人生观念会自然地渗入诗中。一个具有同情心的诗人，会与眼前的事物共悲共喜，诗句传递出善良和悲悯。一个内心安静的诗人，能发现时空的静气，写出让读者安静舒适的句子。

喜欢丰子恺的画，其间传递出来的随意，朴实，高远，和谐，是一种美的慰藉。

一幅"海水摇空绿"，万里无云，鸟儿自由飞翔，山水相依，水天相接，色彩和谐。一对情侣坐在石上，望天，谈情，无拘无束；一家三口在海边散步，歇在温柔的海风中，呼吸、笑声都融入了波澜中。从这幅画中，可见艺术使人生充满趣味，即使遇见小事物，做着小事情，也能满心欢喜。

艺术生活，注重精神上的享受，与物质没有太大的关联。艺术家自有化糟粕为精华的能力。艺术家们保留了作为孩子的天真和好奇，不管眼前的事物美或丑，都能窥见其独特之处。在平凡的事物中创造不平凡，是艺术家的天分。

很欣赏有创造力的人。我认识一位北京的女友，在我眼中，她是一个创造力很强的人，她的创造常在日常的食物中进行，从色彩的配搭到调味，都让人惊喜连连。这是她的生活习惯，让人生趋向有趣的境界。

一个人的行走，其实是走在自己的心里。心里有桃园，听不见马喧；心里有清泉，烦躁不缠身；心里有幸福，花在丛中笑；心里有情趣，石头会说话。

我的人生没有那么多山川河流，日复一日所见的是熟悉的马路和大树，还有阳光和清风，这些常见的事物，普通得不能再普通了。然而，我也能体味到生活乐趣。

我没有花大力气去改变生活的现状，只是用心去发现身边那些细微的美。有时，我站在一丛花前，看一只蝴蝶如何吸蜜，如何传粉。有时，我站在一棵树前，看新发的叶子，如此生机勃勃。有时，我坐在一家肠粉店门口，看炊烟从肠粉机里一缕缕往外飘，看小孩一口一口地吃，看流水一样的行人拎着食物走过。更多时候，我在灶前煮食，当作一项幸福的使命，鸡蛋瘦肉饼、南瓜糊、粉葛汤……有源源不断的美好修饰平凡的日子，人生不会枯燥，也不会寂寥。

　　在风云变幻的天空下，我们应看见不变的房屋、小桥、流水。如此，在天气的变化中，感受恒常的日月；在动荡的人生里，拥有无畏的精神。所有不期而遇的风景，都怀有佛意和禅心。且把窗前的一枝残花葬在月色中，在温柔的光阴里写上情诗几首，托清风寄给天下万物。

　　从事物中提取情感，又把自己的情感融入事物。犬马花草，能歌能舞；柴米油盐，有声有色。万物，我在其中，皆成了有趣的意象。

- 镜子 -

坐于窗前，望那不远处的小山。茂密的树、笔直的电线杆，静静地伫立在山上。望着它们的安宁，也像看到自己安宁的心。

在河面上，看见白云飘飘。一条宽阔的河，清澈如镜，坦率地面对天空，自由地流动。投影在它身上的白云，随它晃动。它们默契、对应，俨然知己。如果云变黑，整条河也暗下来。如果河不清，就看不见云的白或黑。河与云，互为镜子，彼此对应。

在大都市里，看见车流不息。每一次行走在马路上，都会认真地看红绿灯，有规有矩地走，生怕闯祸。每一辆车都像一个杀手，来势汹汹，目光冷漠。很多时候，我会想起老巷里随意走动的鸡儿。在乡村，遇见猪，没有危险；遇见狗，不会惊慌；遇见跑步的孩子，咯咯咯地叫几声，然后闪到草丛里。城市与乡村，互为镜子，从城市的危险中反照乡村的安宁。

在一棵树上，有绿叶和黄叶。绿叶在黄叶身上看见自己的后半生，黄叶在绿叶身上看见自己的前半生。彼此知晓生命轮回，嫩不狂，枯不悲。

在别人的幸福里，看见自己的天真。一对新人信誓旦旦，满目纯真，顾不上掌声中藏着几多叹息。其中一个鼓掌的男人离过婚，又结了婚，最后还是觉得没有找到对的人。此时，别人的幸福，是一面镜子，可以从中看见自己曾经的影子，这是一种讽刺。

常常在面对一些人或物时，想起自己，好像从一切事物身上都能看见自己的影子或是一些与自己截然不同的东西。那些人和物，就是一面镜子。

坐于镜前，望着镜中的自己，那么清晰地看见自己的面容，并从面容中看到自己的年纪、经历和心境，那些细细的皱纹多了几条，那白白的皮肤变黄了少许，那淡淡的微笑淡定了不少……不禁问镜子：你能从我身上看到你自己吗？镜子不语，一块玻璃镜子没有眼睛，没有思想，它永远不能从我身上看到它自己。

人和人之间可以互为镜子，在彼此身上照见自己。你是否从别人这面镜子中看到了自己呢？不管遇见的这个人性格如何，身上有何特点，我们都可以从这个人身上反思到自己的思想和行为。

我们常常觉得，想遇见的东西没有遇见，不想遇见的东西却遇见了。其实是你看不到有些东西的价值。这个世界每一样东西都是有价值的，你看不到它的价值，是因为你看到的只是一个面，而没有看到整体。或许这个整体是难以全部看见的，它潜在着让人挖掘不完的内涵。你能发现它身上多少内涵，就要看你的悟性了。

当你遇见一个很优秀的人时，你不能只是敬佩，你还要看到自己的不足，并向他学习，修炼自己。

当你遇见一个可恶无知的人时，你不能只是一味地讨厌、指责，还要想想自己，是否也曾那么天真无知。要理解人的成长过程，还要警惕自己，不要跟别人一样的可恶无知。

往往我们很难在自己身上发现自己存在的问题，但是面对别人时，经过观察、对比，能更快找出自己的问题，这就是镜子的作用了。镜子不说谎，有时说谎的是我们的眼睛！如果你背向影子，永远也看不见真实的自己。

时常把身边的人或事当作省察自己的镜子，认清自我，并加以取舍，不断提高自我，实在是一种睿智的做法。

其实，我们一生都在修炼成为一面美好的镜子。在修炼的过程中，如果我们不断参照所遇见的事物，吸收其精粹，必会修炼成精妙的镜子。

- 醉翁之意 -

一直喜欢那些安静优雅的奶茶店，因而有个心愿：开一间奶茶店，不需要很大，只要舒适。在一个角落里设一个位置，放一个书架，摆上喜欢的散文和诗歌，门前种满各种倾心的花。做它的主人，也做它的客人，可以坐一会，也可以坐一整天。随时给自己调一杯奶茶，捧一本书，书中读来奶茶香花香，奶茶中饮来书香，想想就醉。

终于，我开了一间奶茶店。

昨晚十点，我到店里结账，见还有客人陆续进店，于是推迟结账时间。靠近店门口坐着，店外吹着微风，我窥见院子里的花儿正在交头接耳，花香带着温情飘向我，一阵又一阵，温柔又可爱，我的心随之生动起来。一个中年男子吸引了我的视线，他穿着棕色风衣，斜靠在藤椅背上，双手交叉抱在胸前，似在专心地偷听菊花的私语，一部手机和一杯金橘柠檬茶安静地贴着桌面，昏黄的灯光裹着他，使他的表情分外慵懒。十五分钟后，他拿起手机和果汁，走近收银台，又点了一杯姜片红枣茶，然后径直走近书架，拿了两本书，又用刚才的姿势靠坐在白藤椅上，随意地翻书、阅读。过了半个小时，客人全部离店，我扫视一下所有桌子，看见那个男人坐过的桌子上两杯饮料竟然原封不动，一本《茅盾散文集》和一本《带灯》懒洋洋地躺在桌面上，像极了那个男人靠在藤椅上的神态。

两杯原封不动的饮料，两本懒洋洋的书，一个无言的答案，我忽然会意地笑了。

醉翁之意不在茶也。

生意，这生的意念，如何给它定位，才能配得起自己的心境呢？

如果说，做生意只为挣钱，显然不适合我。对于钱，一直没有太高的追求，一个人能吃多少呢？能穿多少呢？能住多少呢？生之意念，除了基本的物质需求，还有更多无法用金钱来衡量的东西。

曾在一个餐厅看见一个酒店总裁，95 岁了，坐在轮椅上，被一群人侍候着，喂饭的、按摩腿脚的、手拿文件让他签名的、隔着距离保护的，他工作的目的，就是养活手下这群人，并用多余的钱做慈善工作。他已然把自己生的意念定义为付出自己的心力为社会服务。

当见到一些情侣相偎而坐，在美妙的音乐和美味的奶茶中，享受浪漫时光，我会感受到生活的幸福。当见到忙碌的打工族，坐着休息时惬意的表情，我也觉得满足。这些日子，喜欢微笑，也习惯了微笑，因为希望每个遇见我的人，都能遇见一份好心情。我想用一棵紫牡丹的姿态，在店里发芽，长成明媚的样子；我愿用大地的胸怀与阳光的温暖，善待每一个客人，尽心尽力给客人一段快乐的时光，以此来让自己更快乐。

这生意，除了挣钱，还要挣来善、爱、诗意和快乐。从此，我没有理由不喜欢这样的生活了。

我正在现实的土壤上经营我的精神家园和生命本真。我是再次出发，寻求生存的价值和意义。

诚然，醉翁之意不在钱也。

- 微醉刚好 -

花的芬芳、云的悠闲、酒的醇香、诗的韵味……都能让人有醉的感觉。

人生有度，微醉刚好。微醉，是极致的美。

有那样一些时光，斜靠摇椅，仰望天际，半闭半睁的眼神与月对视，心似月华，皎洁魅惑，心便微醉，醉里赏天地之美态，念人间之真情。那微红的腮，那柔软的内心，像一朵芬芳的花儿，绽放别样的魅力。

有那样一朵花，风来起舞，雨来点头，晴空下晾着身子，自始至终释放香气。某日，你来了，她不躲避你炽热的目光，或含苞或绽放，假如她被你的眼神吸引，喜欢上你，她活的还是她的人生，不会因你而改变。你走了，她还是在原处，用一样的姿态面对路过的每一个或欣赏或不欣赏她的路人。只是她的心里从此有过一瞬间与你的爱恋。明天，你若携着爱人路过，她依旧散发同样的花香，不管你发没发觉，不管你停不停留。她根本没有刻意等你。在那曾经的瞬间爱恋中，她微醉着享受；

在你与爱人远去的背影里，她微醉着祝福。微醉就是一种顺其自然，不拉不扯，淡定自若的人生态度。因为微醉，所以看不见悲伤，只见美好。

有那样一杯酒，经过发酵，酝酿，过滤，从一颗颗圆润的葡萄变成一滴滴醇香的美酒。她的气质是时间酝酿出来，她的清醇是过滤出来，她将最美的姿态呈现给你。她的经历，你不问，她不说。她的隐忍，她的坚强，她所丢弃的前尘往事，都变成了一杯醇香的酒。那境界，是微醉。你若闻一闻，心往神驰；你若尝一口，唇齿留香。酒如人生，你若拥有醇酒的气质，也能让身边的人醉意荡漾。

有那样一首诗，没有仇恨的过往，没有悲愤的现实。如果是情诗，那段情一定特别伟大，没有小爱中强逼占有的别扭，没有自私中嫉妒的丑陋；诗魂宽容、坦荡、自由；诗眼是大爱，如山水间的爱，花草间的情；诗中有未说完的情节，任你海阔天高地联想。读之，灵魂会被牵引着走进舒畅的境界，那是微醉的享受。

有这样一件衣裳，质地柔软，合身舒适，颜色清雅，它与你的肤色和神态很匹配。世间美丽衣裳无数，可是它最适合你。这件衣裳，静静地贴在你的身上，不会让你的脖子有紧迫感，不会让你的手脚有约束感，它只是柔柔顺顺地体贴着你，让你觉得它是你身体的一部分。和衣而睡的夜里，你全然不觉得不自在。你从没有想过要舍弃它，不管多少年过去，不管它多陈旧，你依然习惯把它穿在身上。直到它烂了，不能穿了，你还在心里记住它。这也是一种不愿舍弃的微醉。

然而，常在不经意间，就被深醉。深醉，有时候很幸福，有时候很痛苦，那是一种不可救药的醉。

有这样一个人，她不是你的镜子，也不是你的对手，她是你镜中的一朵花，你永远得不到她的心，美丽而有距离，想捉捉不住，想闻闻不到，就在眼前摇着晃着。你情不自禁地把心给了她，深深地醉在她的容貌里、气质里、诱惑里。这样的深醉让你痴狂，让你幸福，也让你痛。

深冬里，石静默，水凝固，诠释着深醉。石和水，把爱藏在冬的怀里，等暖阳融化，等春花烂漫时欢唱。它们忘不了一起走过四季的温柔和感动；它们的爱，流淌在相遇的始末。当草木成冰，便用冬眠的状态爱彼此，不需言语，在时光中暗涌着欢喜。如果暖阳永远不来，结冰的神经就化成石，不求开花结果，只为永久相伴。

－ 愉悦 －

愉悦这个词，那么温暖，透着深刻的幸福。

一群鸟在万里无云的天空欢快地飞翔，时而排成一字，时而排成人字。一路默契，一路向前，不回望背后的时光，不贪恋已逝的风景，不问世间愁苦。感受着广阔的自由和无止境的风光，是愉悦。

两个灵魂，偶然相遇，互相懂得。那份惊喜仿佛冬天里的一把火，被扇着扇着，热量把冰渐渐融化成水，渐渐成为一条小溪，欢快地流淌，是愉悦。

雪花飘飘，与心爱的人在雪中漫步，十指紧扣；在夕阳下，深情相拥。如诗如画般美妙，是浪漫，也是愉悦。

遇见一个清新、明亮、热情、善感的女子，仿若遇见六月的荷。那么容易被她感染，靠近时，让你很想很想摘一朵，抱在怀里。远远地欣赏时，心也不由自主地靠近。望一眼，瞬间就像直观了一场盛宴，让你念念不忘。这样的遇见，是愉悦。

读一本喜欢的散文集，会有紧致细密的愉悦感。就像在一张素纸上，一笔一笔地勾勒那些花样年华，每一笔都是来自灵魂的独白。这是心灵深处的彩染，文章里的一字一句把心情染成愉悦的花，绽放着、芬芳着。

听一首交响乐，或盛大或单调，一拍一拍地敲击着脑波。直到有一个节拍敲中了灵魂，震撼着，感动着，快乐着。滋味悠长，使人愉悦。

外面刮着北风，心却暖着。像被一场韵味十足的欢喜紧紧包围着，心情不受外界环境影响，感到愉悦。愉悦的力量那么强大，它可以抵御风、抵御雨、抵御不良情绪……

暗淡的人生难以有愉悦的感觉，只因心已在红尘中老去。一颗年轻的心，像奔流的水，有丰富的情感。这不是轻浮，并不失稳妥。这是乐观积极，是愉悦的条件。

日子过得那么快，一月即将走完。每天在愉悦的情绪里度过，只因眼中有很多美好的东西。

愉悦时，看不见惆怅，也不会寂寞。一个人的山河岁月，同样温暖妥帖。

愉悦时，面带微笑。一颗心徜徉在轻松、细腻的时光里，幸福的感觉油然而生。

此刻，窗外有凉爽的风，吹着细碎的光阴，发出愉悦的笑声。

- 等 -

咖啡屋外，有人在等着我。而我，正在咖啡屋里等一袋鸡米花。

咖啡屋里，人不多。有两排桌椅，绿的桌，红的椅。空着的桌椅像是一棵树与一朵花相依着低低私语。墙，也是镜子，望着墙，可看见别人的吃相。我坐在红椅上，左手和右手在绿桌上相握，身上的绿色外套跟桌子的色调差不多，不细看，像一棵树坐在一朵红花上，红花的手扶着我的背，我们似在悠然地等月光到来。忘了是在等一袋鸡米花，也忘记了屋外有人在等我，像是跟时间约会在咖啡屋。

我们每天都在等，等发工资，等花开，等车，等爱人回家，等一句表白，等一份礼物……或有期或无期地等。

等，有难受的等，也有轻松的等。

难以预测结果的等最让人难受，猜测、疑虑充斥着内心。让人寝食不安、欲罢不能，与时间抗衡多时，只为一个未知的结果。比如等一个没有承诺过的人，像一场赌博，那是一个若得若失的过程。没有期限，或许明天就等到，或许后天才等到，或许永远等不到，为的就是一份惊喜和执念吧。

假如明确知道要等的东西在某个时间就会到来。即使这个东西没有到来，等的过程就是拥有的过程。可以把等待忽略，轻松地干别的事，时间到了，东西自然到手。这样的等待显得轻松。

有一种等几乎可以肯定要等的东西不会得到，也去等，没有期待，只等一个空，等一个幻。能这样等一定是很爱要等的东西，是心甘情愿去等。因为不奢望结果，所以轻松。这样的空等，只是思念的另一种表达方式罢了。对放不下的东西，一直思念，一直空等。无痛无痒地空等着，也充盈了时光，也是一种美吧。

此时，我在等一袋鸡米花，不确定要等多长时间，但知道鸡米花一定会到手。如此，感觉轻松，几乎没有等的知觉。那是因为在等的过程中，不去想要等的东西，而是关注别的东西。欣赏咖啡屋的装修、看别人的吃相、听咖啡屋里缓缓的音乐……当等待的过程变成了享受时光的过程，就是闲等。

闲等，好似马路等汽车，好似树叶等风。闲等，顺其自然，让心漂流在等之外，不像等。闲等，不急，不累。不管有没有结果，不去期待结果；不论时间长与短，也要在过程中享受时光。

喜欢闲等，因为我是一个怕痛怕烦的人。

任雨滴，任水流，任你来不来，我在闲等。

我在听歌，我在写文，我在品茶，我在闲等。不经意间抬头，你来了，多好啊！

- 朦胧 -

气候朦胧了季节，看不清冬的面庞。是暖阳骚扰了冬的寒意，在该寒冷的季节里，一种温暖顺应着心里的感觉抵达眼脸，于是展开笑颜。

幸福有时只是一种感觉，说不清，道不明。那么，只要幸福着，就让眼前的一切朦胧着，不详说，不明辨。就让日子这样一天天地过，像流淌的溪水，婉约，细致，但永远不会如镜子般清晰，刺眼。

一直喜欢朦胧这个词。朦胧的人生，诗意，浪漫，从容、不逼仄。郑板桥的难得糊涂，白居易的犹抱琵琶半遮面，都是这样的意象。

纯洁女子从简单中走来，落入俗事凡尘，渐渐看透人生看透世事，最后宁愿选择朦胧人生，与世俗保持距离，糊涂而乐，这是对现实的一种疏离，是现实和梦想之间的留白。太过现实的生活，累得喘不过气。太过现实的感情，满目疮痍。

相信每个人都有一颗善良温暖的心，只是现实把这颗心给慢慢浸凉，丢失了那些纯朴和初衷。纯朴和初衷带着傻气，傻傻的，不事雕琢，有一份独特的、天然的美。

　　曾经试图把爱情的规条一一列出。想要爱情清清楚楚，明明确确地表现某些东西。当爱情的状态在岁月中不断地演变，十年或是二十年过去了，依然还有好多不明白的东西。方知岁月会带走一些原来的思想，带来一些意想不到的内容。方知爱着并不需要说明那么多，随着感觉走便可。一辈子，完全可以朦朦胧胧地过。

　　爱情，厚重不厚重，变与不变，难以界定，不必费尽心思去仔细称量、精密计算。看待爱情，最美的还是雾中花、水中月的境地。如果爱情是一幅朦胧的画，不管画中人影多么模糊，只要它还在，情就没有走远。苛求清晰看清画面的的一丝一毫，只会让爱情陷入丑陋。

　　我们曾晃悠着青春，张扬着灿烂的笑容，仿佛春天陌上的花开。当岁月把青春带走，红尘滚滚里，就只有淡淡的记忆留在脑海。偶尔翻起才知往事就这样朦胧了，朦胧了……最后便在朦胧里寻找美的最初。

　　现在经历的一切，将来都会成为朦胧的记忆。何必介意当下的朦胧？就如，这个被暖阳骚扰过的冬季，有极致的朦胧美，似乎是春天与冬天美妙的恋爱。

- 垂钓一份知觉 -

喜欢有水的地方，比如一条海，一条小溪，一面湖。

我从一个现实的故事中跳出来，带着忧伤，迁徙到一个湖边。忽然看见一只鸟将一条被遗弃在草地上的鱼啄得千疮百孔。先不谈唯美，先不谈梦想，现实就是一个清晰的悲喜交集的世界，有幸福相拥，也有飞机坠毁；有健康的成长，也有残疾的折磨；有人出生，也有人死亡。

一个中年男人托起一筐鱼，倒进湖里，鱼们欢快地跃起，很快就往自已选择的方向游走，它们不知自己游向怎样的命运。我看见春风无忧无虑地追着阳光，它们不知黄昏也正追着阳光，一个不留神，黄昏就会把阳光藏起来。对于未来，鱼儿无法知晓，春风无法知晓，我们又何曾知晓？一个不留神，我们就有可能遭遇苦难。

在木板桥上漫步，春风吹拂着我的发丝和衣裳，我像一只长了翅膀的小鸟，心瞬间轻松起来。

湖边树木成排，花草点染，晨光微暖。一对情侣坐在湖边大树下吃一个雪糕，你一口我一口。几个少年在小木屋前捉迷藏，躲在大石后的那个女孩正掩着嘴笑。一群蜜蜂在花丛中飞来飞去。当这些欢欣的的画面出现在我眼前时，我很自然地笑了。

忽然，几只鸭子从水草丛里游了出来，湖面被它们划出一条条笑纹，一个小孩对着鸭子欢叫，其中一只鸭子展翅欲飞，拍打出银白的水花，一朵，一朵，谢了一朵，又来一朵。一下子，单调的湖面被鸭子调戏得风生水起，我的心生出丝丝狂热，生出一只只顽皮的鸭子，单纯而活泼地踢着春风踢着水波，踢出很多水花般的诗句。

一个老人，稳当地坐在凳子上，古铜色的手拿着钓鱼竿，在湛蓝的光阴下，静静地钓一场冷暖的知觉。他偶尔把竿拉上来，又抛下去，没见他钓上一条鱼。他坐得像一尊佛像，背影平静安然。

这尘世、总有一个栖身的角落，让心安然。那些辗转，山一程，水一程，喜一场，悲一场，累了时，需要找一个灵魂栖居的地方。走过江南水岸、见过雪花纷飞、越过大漠草原……几许繁华，几许苍凉。到底怎样的地方才是心灵的栖息地？许是雪域高原、古道朔风、浩瀚大海。许是安宁的木屋、有阳光的窗檐、有鸭子的湖。

垂钓，不管有鱼没鱼，耐心地静坐，把美好和诗意钓进心里，让曾经的沧桑和伤痛沉入水里，波澜不惊。

我坐在桥上，微闭双目，让倒影睡在湖面上。周围，有格桑开花，野草在风中摇摆，我的思绪如此简单。我也在湖边垂钓，垂钓一双温和的眼睛，是天空，是云朵，是风，是你，都可以。

－ 模拟老去 －

如果你愿意与我执手走同一条路，我愿意把每一棵青菜、每一只青蛙、每一缕阳光的故事告诉你。

如果你甘心为爱成为一块沃土，我愿意放低身心，在你身上生成一棵小草。看风雨打，都不能将你我分开。看时光流逝，相爱的仍然相爱。看头上飞鸟飞来飞去，我的种子为你执着发芽。看竹林顶上的炊烟，飘着人间的幸福。

亲爱的，我们一起老去吧！

晨曦醒了，鸟儿叫了，我们一起去竹林走走。

微风吹过天空，云朵轻轻地飘，竹叶一片片缓缓落地，小狗在竹下摇尾巴，母鸡带着小鸡捉虫子，流水在我们身边静静走着，我们说着没人懂的悄悄话，从二十岁说到六十岁，又从六十岁说到二十岁，你把成熟的山念摘给我吃，竹林收容了我们的笑声。抵达竹林，你可以把我抱起或把我吻醉在一棵参天大竹旁。

我发现，简单宁静才是我们的归宿。终有一天，我们依存的名利隐退，剩下赤裸裸的灵魂，从此，我们只种下白菜黄豆玉米、只装下米饭面条梨汤。我们每天跟太阳一起把白天点暖，把黑夜变成温柔的月光。我们互相消磨，一天天，一年年，把头发消磨到白，把牙齿消磨到光，把光阴消磨到无，把爱消磨成只有两个人的大境界，把肉体消磨到泥土地里。

房子那么陈旧，一直没有粉刷。竹子深绿宁静，高耸入云。瓦片瓦缸静静地躺在野地上。田园肆意地绿。小猫睡在铺着落叶的石上。走在路上，一片片野草野花促膝细语，磁长的蝉声不断地唱同一首歌。我们的世界，只有这些，而这些，就是享不尽的美好。

我们是活在苍穹下、大地上悠闲的老人，没有一天不感恩，能多活一天多好。雨天坐在陋室里泡茶，看檐前燕子躲在爱巢中，对着如丝如梦的雨丝呢喃。晴天背着萝筐摘菜，你撑着伞与我寸步不离。

简单的世界也有万紫千红，每天看色彩纷呈的天空和田园，就足够丰富。

我终于理解老树为什么要生出那么多眼睛了，时光那么动人，世界那么美好，我和你的四只眼也不够看呢，不如，我们也努力生多一些眼睛来？待我们走不动的时候，就像老树一样，静坐屋前，睁开眼睛，看天空、看云、看小鸡追逐、看夕阳西下……

- 一个人的高山流水 -

一、与茶相伴

宁静的午后，独自饮茶。

窗外的山，在猛烈的阳光下蒸发着绿意。与此同时，有些东西，在渐渐萎缩……

我的茶，续了一杯又一杯。从高山续出流水，一个人，自知山有多高、水有多长、人间冷暖有几度。茶不醉人，人自醉。我的眼睛，与杯沿上的眼睛对视，微醉，浅笑。

知道为什么那么多人喜欢上孤独吗？因为孤独是有美感的，孤独时可以省略交流、避开生硬、只管思念而不伤怀。

生活、经历，需要一个人独自细细品味，像品一杯茶，品到流泪时和茶一起喝下；品到醉时，伏在茶几上做梦。

给自己一壶茶，有意无意地泡，自自然然地饮，思绪时而飞翔，时而流淌……像一朵自由的云，像一条清澈的小溪。柔软的心一而再，再而三，抚慰着自己，直到返回最初的纯洁。此刻，忘了前尘往事，只为眼前一杯茶倾情。茶香袅袅，听见自己的心跟大地一样踏实。有一丝丝苦涩，像浓了的茶味，从心口处一缕缕飘出。清清，淡淡。

远方的山水，很远，伸手触不及。唯有饮进口里的茶水，那么真切，可以衍生浪漫，形成情调。

一个人的世界，很小，又很大，没有外人参与，真率，无惧，仿若世间千姿百态融汇其中，任你纵横驰骋或静止。

天空让山上的草木醉了，它们知道红垫上喝茶的人也醉了吗？

楼下，任车来车往，呼声随形，马路从不挽留。一杯茶，随意自续，明天，明天的明天，待续……

与茶相伴，就像高山伴着流水。

二、与夜约会

夜，如期而至，静静的。天空似水一样清凉温柔，带着雨后的湿润，喜欢这样的夜晚，虽然一片漆黑，却感到宁静温馨，心门可以无限度地打开，融进宁静的境界，退去了浮华，回归纯真透明。

一个人沉浸在淡淡的思绪中，常常不经意间想通某些纠缠很久的问题，与文字相伴、与音乐相伴、与一幅幅山水画相伴，将心思敲成文字，那样的独立、自我、洒脱、充实。

用心欣赏一下这个世界吧！喜欢这个夏天时时下点雨，喜欢田野花园里一朵朵娇艳的花朵，喜欢一首首自然纯净的音乐。

静静地，于黑夜里，给自己的世界绘画自然的情与景，在画中洒上悠然的韵味。一幅情景相融的画，浮现在眼前。享受着这个绘画的过。

记忆，一天天淡去。曾经的人和事，在印象中渐渐轻、渐渐浅。偶然一念，迎眉涌起，也如天边的彩云，转眼即逝，飘得远远的，捉不住，也无心去捉。

天道无情却有情，看那凝重的露珠，看那飘零的花瓣，看那一路的落叶，记载的正是一份情重，只是一切将遵循自然规律。看那浓厚的烟雾，眼前一片模糊，等阳光冲破雾气，一切将会清晰起来。渴望看到的、不想看到的，都会自然地呈现，所有迷茫终归都会隐退，唯有真真切切地面对现实中的一切事物。那么，就轻拥自己，闲看那些雾起雾散的过程。岁月中，总有一些感动在心底升起，在忧伤与淡泊中成为永恒的心声。

回顾过往，一路走来，挺固执的，没有被任何人打倒，只是一次次被自己的某些弱点打败。所以我一直在寻找自己的弱点，征服自己的弱点比征服任何事物都重要，因为我们活着就是要做最好的自己，这与任何人无关。

山依旧静静立于原地，水依旧不息地流淌，绿叶依旧一季一季地循环生长，夜依旧来了又走。我像蝶儿恋着花儿的清香一样，于静夜里，不舍时间溜走。

我跟夜道别，夜说，明天，它还会来。

与夜约会，就像高山约会流水。

三、遇见阳光

午后，我在酒吧饮红酒。红酒，依旧那么红。酒杯，依旧那么胖。西窗，依旧那么暖。

我看见，对面房子的阳台，向西。晾衣服的女人认真地甩平衣服，然后从长到短挂在铁杆上，阳光正温柔地照着那个女人和那些衣服。女人临走时用力拉了拉那条皱裤子的脚，在她调头回屋之际，我分明看见她把暖暖的阳光抱在怀里，那么平静，那么满足。

选一个窗向西的房间午睡。明知道阳光会越窗而入，却不用睁开眼去迎接或讨好。只一阵暖，便从身体流至灵魂，犹如爱情的抵达，从来不用刻意，两颗心的对接就像大自然里的阳光遇上空气，风遇上雨。

习惯顺应阳光，接纳阳光。任阳光再热烈，也不逃避那些没瓦遮头的行走。不怕大汗淋漓，也不怕天突然暗下去。我珍视阳光给予我的一切，包括疼痛。

喜欢本真的东西，如春天自然发芽开花，如阳光散发温暖。爱阳光，从出生至死亡，一直纯纯地爱，不需要理由，不掺杂一丝利益，不曲意奉迎，不惧怕风雨，不逃避疼痛。

我愿意放下对浮华的追逐，用最初的方式爱一直简单的你，你一定会成为我永恒的阳光，我一定会成为你永恒的春天，简约，丰盈。我愿意与你一起坦开胸怀，抱成一个不谢的春天，我们的故事从此只记取清新明媚，我们永远辽阔、厚重、温暖。你是我最好的心灵港湾，我们对唱的回音，会跨越一个又一个季节，轮回不息。

阳光退出西窗的时候，春天又迎来了一个黄昏。我开始拿起笔，描摹与阳光或远或近接触的感觉，一笔一笔，细细地，把自己陷进了幸福里。最后，我描出一副感恩的模样，一张脸，挂满阳光的笑，定格在一页深情的光阴里，等待明天的阳光来阅读。

有时，我把自己锁在西窗前，用整个上午等待阳光，手握一杯酒，望远处的阳光，貌似孤寂，又神似享受。阳光那么远，又那么近，就像隔着一重山水的两个人，可以听得见彼此的呼吸。酒里，也有了阳光的味道。有时候等待也是一种美，美的等待就是随时随地感应到对方在身边。

遇见阳光，就像高山遇见流水。

四、坐在藤椅上

一只风筝在天空悠闲地飘，几只鸟儿时飞时停。阳光，暖暖的，从阳台外飞来。几块窗帘懒散地挂在铁杆上，被阳光晒出了年味。

一张藤吊椅，随我摆动，我像一条柔软的蛇，缠着藤椅。我们肆无忌惮地互动着。

天空蓝得很清，像极我此时与藤椅对视的眼神。树叶们正静静地等待一阵风，等待一阵风来吹动它们的诗意，或吹落它们与泥土的爱。

这个冬天，我爱草原，爱森林，爱阳光，还念念不忘夏荷，今又与藤椅谈情，爱如此丰富。

我对大地的爱越来越赤心，越来越老成。"赤心能拥万物而眠，老成能容世情冷暖。"我的爱，会一年一年地叠加，越来越深厚，内心却越来越平静。

我和藤椅摇摆的速度越来越慢，一条小溪从天而降，缓缓地，缓缓地流淌在我面前。

坐在藤椅上，就像高山坐拥流水。

- 相安的爱情 -

年轻时，以为爱情的最高境界是两个人万般痴缠，激烈追逐，极喜，甚至极痛。后来才知其中的肤浅。

其实，两个人相爱，走向相安平静是最幸福的境地。彼此安下心来，不用猜测对方的心思，不惧怕途中有何变卦，不计较得失，不争吵，不翻脸。那时两个人已经深入了解，并找到了最适合彼此的相处方式。

有人说，她很爱一个人，但总觉得很痛苦，因为他总是三心两意，不专心爱她。我说，凡感到痛苦的爱情都是错误的，不要算了。而她总是惦记他曾为她付出的激情，无法从那些如痴如醉的感觉中抽身而出。

爱情求不来，也追不来。所有有效的行动都必须建立在两情相悦的基础上，否则，越求越低贱，越追越远，心，总是不安。有一个女人，认为一个男人比自己优秀，于是一次次去迁就，一次次去原谅。然后，一次次受伤。到最后发觉，原来那不是爱情。爱，如果让你失去了尊严，让你低于他，那是奴隶和主人的关系，两个人无法抵达爱情。

　　两个人都愿意无条件地付出，又无条件地接纳，达到两性的平等、心灵的平衡，无怨无悔地在一起，内心才会安宁。

　　所有爱情都是注定的，什么时候相遇，什么时候结婚，都是自然发生的。所有不适合的爱情终会被时间发现。无论初见多么美好，都是一个假象，时间一点点揭开真相，到最后，不得不承认当初的幼稚和无知。

　　幼稚和无知并不可耻，但总是让人忐忑不安。爱的初心都是单纯的，陷入爱情的人，感性湮没了理性，只想爱，不想分析该不该去爱，适不适合去爱。每个人都希望遇到的那个人是对的，后来受伤了才知道是不对的。

　　没有爱情的婚姻一定是不安的。你工作累了，他不心疼你；你生病了，他不照顾你；你生气了，他讨厌你；你骂他，他就转身而去。你的寂寞一定是深入骨骼，醒着痛，睡着也痛。婚姻是自己选的，无处可诉。

　　婚后可相安度过一辈子的人并不多。婚姻美不美满，是一种命运，也是一种经营的技巧。命中遇见良人，然后用心去经营，才会相安。一个人的努力，不能成就两个人的心安。

　　爱情是一种修行，与一个原本与自己无关的人相处，融入对方的大家庭，一起生儿育女，在柴米油盐中朝夕相对，谈何容易？那些累了的人，都苦苦挣扎过无数次，坚持，是因为不舍。圆满的爱情都是磨合出来的，相似的人或互补的人，各有好处和坏处，愿意包容，才会融洽，才会安心地相处。

　　婚姻之船，并不会一帆风顺。两个掌舵人，必须有勇气面对波澜，用坚定的意志把握方向，合力划船，互相鼓励，不离不弃。风雨兼程地走过年年月月，有欢喜，也有哀伤。当两个人都认为经历的足够多了，看得足够清了，觉得只有平静地在一起才是最大的幸福时，自然会走向相安的境地。

相安的爱情，是清醒的、舒适的，是平静而又充满生气的。彼此的语言是贴心的，每一句都蕴含爱意。眼神是温暖的，随时用欣赏的目光看对方，发现对方的美和新鲜。爱情之花，在两个人心中长开不败，那时会感觉到生命因为有对方而更美好！

- 自然之爱 -

自从把身心融入大自然，就不断有新的感悟，对爱也有了跟以前不一样的感受。

大自然告诉我们，纯真的爱是不求回报的。正如：雨水滋润了花朵，不求回报；泥土培育了瓜果，不求回报；树荫给人凉快，不求回报。大自然的整个循环中，给予者与接受者往往不是同一个。如果这是一种不平衡，那么大自然会产生很多纠纷和罪恶。我相信那些热爱大自然的人是懂得什么叫大爱的。有人问："我为你付出了那么多，你怎么能如此对我？"这是变相的索取。如果付出是为了得到，得不到就不甘愿付出，这样的爱永远不会平衡。付出只是你个人的事，与对方无关，若觉委屈，可以停止。

我们无法说哪个季节最完美，哪朵云最完美……大家都是独特的，无可代替的。所以，无须在比较中自责和自卑。爱你的人，自然会发现你与众不同的美。

爱的挫败和痛苦源于给爱设定了目标，一旦达不到自己想要的结果，便陷入痛苦。相爱，不是应该，不是必然，是巧合。你爱的人刚好也爱上你，彼此都心甘情愿地付出，那是最美妙的事。单方的爱若不强求得到回应，付出的过程也是幸福的。爱是自然产生的，付出也是自然付出的，是心的感性流动。爱的本质都是美好，若用爱去威迫伤害对方就破坏了爱。

我们曾跟爱人或朋友斤斤计较，曾用自己的思维模式去要求对方，认为对方应该怎样做，结果对方永远也做不到我们想要的，于是怀疑对方的爱，内心忐忑不安。别用真爱的概念捆绑自己，别想尽办法衡量爱的分量，爱是轻重难量的。爱无形无声无味无边无界，像阳光、空气一样流动，只要是活在爱中，不用条件、理性等来让自己和别人痛苦，就能活在爱的极致快乐中。

我们都不喜欢有人向自己索求爱，不喜欢有人给自己压力，让爱成为负担。爱不必承诺，今天爱就爱了，明天不爱就不爱了。那些长久的爱，都是一个人内心的自然产物，绝不是因为一句承诺而执行的。

爱过的人都痛过。观念可以医治心灵的痛。观念是支撑人在遇到打击时站起来的力量。或许，你遇人不淑，他做了很多错事。或许，你所钟爱的事业，没有带给你成功。而你的痛只与你的心态有关。爱的观念，是在经历中炼成的。

生活中，人们被爱情小说、歌词、朋友的意见等灌输着一些爱的观念，半信半疑，似是如非。那些来自外界的观念不一定适合自己，或许会让你爱得伤痕累累，痛苦不堪。唯有，在亲身经历中去揣摸出爱的真谛，才能获得正确的观念，挣脱捆绑你的思想。

让爱变得自在、开阔。不在爱中迷失自己，你就随时拥有享受孤独的能力。

如果人们都懂得爱的本质，世间就会因爱的纯真而美好。

每天，随着晨曦，我们的爱就开始出发。我们带着对亲人、爱人、朋友，还有对世界、自然的爱行走在大地上。给予家人照顾、朋友问候、路人关心。时而为一朵花倾情，时而为一条海驻足，时而为一棵树陶醉……

用爱的目光关注万物，不管山是否有接收到，也不管海有没有回应。自由地、轻松地付出心中的爱，就是一种快乐。

第三卷 · 自然卷

－ 丑山不丑 －

有一座山，叫求水山。

求水山是离我家最近的山。那些年，我像一个闲着的月亮，需要一个空间运动，求水山是近水楼台，自然而然地接纳了月亮的脚步。月亮无心关注楼台，也看不见自身投影在山中的美，但心里知道，这是一座矮矮的山，无奇花异草，无迷人山峰。

初遇求水山，我在心里给它命名为丑山。

对于没有让自己心动的东西，显然不会用心欣赏。那些平凡的野花，似乎不断地对我说话，而我总是不认真聆听；那路边的几根芦苇，为了吸引我的目光，似乎在极力表演着一出戏，而我总是斜眼一扫，然后冷淡地走开。我像是路过山、跟山保持着距离的人，而不是专门来赏山的人。

一走就是几年，记不清在这座山上走过多少回。某日，心有点烦，很自然地往丑山走去，走着走着，竟然把烦恼走丢了，蓦然觉得自己置身在一个很熟悉很舒适的地方，生出丝丝温馨感。眼神开始热烈地注视每一处风景，耳朵开始专注地倾听鸟儿的歌声，心腾起阵阵欢喜。不禁讶异，这种心境的转变竟如此的自然，寻不到过渡的痕迹。难道是时光狡猾地偷换了我的心境，而不自知？

不，是习惯改变了我的心境。走的次数越多，我对山就越习惯，越习惯就越舒适，越舒适就越在乎。不知不觉间，这座山成了我亲密的朋友，在我心中有着比高山还高的地位。

当相处成为习惯，当无意变成依恋，我喜欢上丑山。

此后的每一次行走，都会用心，用心留意它的一草一木一亭一径。走在山中，抬头是蓝天白云，低头是野草野花，四周有鸟鸣，山间有溪流。我觉到自己越来越渺小，我越渺小，山就越高大。那么小小的一点，被山环绕着、拥抱着。我的心已属于山，越不出它的范围，也不想越出它的范围，就这样，与山的灵魂相融。

渐渐觉得，它是一个不动声色的艺术家，用单调的风景描画季节的情怀，似乎毫不着力，却深抵心意，有着极准确的精密笔功。它其貌不扬，其画也不扬，轻描淡写着一种知性的自然哲理。

它是有生命的，它的血液一刻也没有停止流动，在它苍老的山体下，有着一颗不老的心，在季节轮回、时光流逝中，它鲜活着自己的灵魂。它爱自己，也爱蓝天和人类，它创造无数的心和眼时刻与蓝天和人类对视，每一颗心，每一只眼都充满善意。

我总是听见山用温柔的细如发丝的声音对我说，放松心情，慢慢走。

清风一来，山就指令花草树叶为我弹唱，我用心律伴奏，脚步随之轻快。

我与山的相遇，原来是久别重逢，它跟我老家屋后的那座小山一样，一样的贴心，一样的味道，一样的温情，一样的不怕迷路……一种温暖油然而生。

冬日的暖阳似乎跟我一样喜欢上这座山，总是跟我不约而同地潜入山中。我看见阳光和山在公然拥抱，而此时我已懂得山的博爱，它有跟万物相好的自由。山的纯净和博爱让我莫名地惭愧，那埋藏在外表下正想萌芽的醋意极力往深处隐，隐成死亡的状态。如此，便妥妥帖帖地接纳着山与阳光的拥抱。

今夜，又想起心中的丑山。山轻柔的声音又在我耳边响起。窗外，灯光闪烁，像山的眼睛热烈地对着我眨眼。如此飘渺，又如此真实。

把头伸出窗外，看见一群野菊从远处奔来，牵起我的手。我像一条三岁的河流，简单着思维，随着野菊，浩浩荡荡，快乐地穿行在大地上，奔赴一场与山的约会。

山已然是我心中抹不去的影子，丑山真的不丑。

－ 绿水无色 －

你是湖水，我是行者。我们没有预约，一次偶遇，我被你的翠绿和宁静吸引。

你像用整个春天和夏天的气息沉淀出来的一湖茶。翠绿，是你的颜色；宁静，是你的气质。情不自禁地伸出手掌，捧起你，细看。你竟是无色的，我感到惊讶。

一湖水，谁懂它？

那几只静静地泊在湖中的游艇、那湖边一棵棵大树和小草、那环绕湖的四周屹立百年的山，它们懂得湖水吗？

我想，与湖水追逐过、对唱过、拥抱过的游艇，它们熟悉湖水的气味、温度和深度，它们应该最懂湖水。旁观的山或树，看到的永远只是湖水的表面，正如我没有捧起水细看时，怎知它是无色的？

望着手掌里的湖水，清醒地意识到，绿不是水的本色。水原本清澈、纯净。原来，当水流入浅湖，它无力吸收波长短的绿光，唯有把绿光反射回来，绿光便披在水面上，假如水流入大河或是大海，也会自然地呼应环境，变换色相。我相信，水在岁月的沉淀下，已认清自己的本质。

适应环境，是水的灵活性，一湖水呈现出蓝色、绿色或混浊的黄色，都是对应环境，水是环境的产物，人何曾不是？

绿着挺好的，看那些正在发芽的树枝，正极力伸向水面，干枯了一个冬天，有绿水相伴，心便葱郁。水不知道，无意的绿，竟是一种成全，成全了萧条的日子里万物的梦想。

我安静地坐在湖边，带着春的渴望，思绪漂浮在水面上，默啜着这一湖绿色的梦。麻雀飞过，自行车迅速经过，冬的去意已决，峰峦不动，湖水安静地流，准备流入春天。

我在专心为湖水写诗：我情愿化成流云一朵，跟天空划清界线，把影子给你，在这样一个浅湖里，跟你翠绿成双，宁静成对，抱紧尘世里的一次相遇，离开没有着落的怅惘，把生活的主流贯穿在无色的清澈中，也披上尘世的绿色和宁静，把这个黄昏，和下一个黄昏，坐满花影、鸟鸣、温柔和从容。

生命正在描绘我们的颜色，我告诉生命，如果要把我们描成绿色，请描得自然点。

懂了这一湖水，懂它的无色，也懂它的绿色。

－ 漫步山水间 －

如果你能触摸到山的灵魂，它有多高，已不重要。

如果你能感受到水的心跳，它有多长，已不重要。

用你的真心去触摸山的灵魂、感受水的心跳吧。与它说、与它笑、与它玩耍……

与山水心心相印，山的豁达就属于你，水的清澈就属于你，而你所有喜怒哀乐也将被山水收容，你们会融合在天地间，没有渺小伟大之分。

在这里，悠然地走，不追不寻，下一秒遇见什么都是欢欣。

大大小小的石头，弯弯曲曲的小溪，高高矮矮的树木，不知名的野花……漫山遍野地遇见，有时驻足，有时凝视，有时一笑而过。温暖、幸福，不断蔓延……

在这里，请放下，放下与这里无关的苦恼忧愁。不要对比谁的名誉地位更高；不要考究情感里的真与假、深与浅、谁与谁……或许世间有许多问题，但是没有一个问题是不能放下的；世间本没有那么多烦恼，很多时候是人把事情看复杂了。快乐随手可得，只要你愿意放下手中沉重的东西，就能握住快乐。

拥着山，触摸着它的灵魂。山的伟岸让人踏实。山的公平、善良、博爱让人倾情。你将心交给它，它就会好好爱你。你可以在它的怀里撒娇，做个永远长不大的孩子。它只会默默地笑，包容你的一切，让你不想离开它，让你走不出对它的爱；让你变成淡然沉默的山石、变成独自妩媚的野花……在这里，找不到不开心的理由。

浸着水，感受着它的心跳。心很柔软。凉凉的溪水带着鱼儿的兴奋，荡开了笑脸，你的笑脸也随之荡开。一条条细小活泼的鱼儿嬉戏着，溅起一圈圈圆圆的快乐；你走近它，它就迅速地逃开了，惹得你很调皮。忽地，你也变成了温柔恬静的溪水，你也变成了一条快乐的鱼儿。

漫步山水间，山拥着你的肩，水牵着你的手，花草倾听你的呢喃，白云跟随你的脚步，不会孤独。

山一程，水一程，犹如爱一程，也犹如人生每一个故事的历程。一路艰辛，累了肢体，流了汗水，跌倒在斜路上……一路欢欣，遇见了拾柴的老人，快活的鱼儿，可爱的小狗，惊艳的紫花……人生不过是一段段苦乐相融的历程，走过了，便收获了。

早上你来了，下午你走了。走时不带走一花一草，挥手，默念，不回头。心，特别轻，如今日的风……

— 家外的灯 —

如果白天免不了受伤受累，黑夜应该用来修复身心。

夜深了，人们该回家休息了。我像一只夜里追问不止的蟋蟀，不安地跨出门外，随意朝一个方向走。街道上，依然车来人往。商业楼内，依然歌声四起。

灯光如潮，淹没了黑夜。当黑夜失去修复白天的功能，人们身心疲惫，大地沮丧叹息。

我想在一片片灯光中浮出来，看一眼原始的森林、草原，看一眼田园、麦地。看一眼黑夜该有的样子。

马路边，一棵凤凰树伸开爪子紧紧地抓住一小片泥土，试图抗拒来自四面八方的烟尘废气和高音喧哗，我看见树梢上的月色心疼地抱紧了凤凰树。我站在树下，闭上眼睛，触摸心中那片原始的渴望。我触摸到辽阔的大地和大地边缘的海洋，触摸到山峦和青纱帐，触摸到无数的生命在生长，触摸到清风和明月的私语，触摸到草木与人类均匀的呼吸声。

我感觉自己站成了一粒种子，在脚下那方土地里萌生，月色轻轻地抱住了我，世界如此美好！

一声喇叭唤醒了我，睁开眼，眼前一辆货车奔驰而过，分明是一场交易的赶赴，车尾发出浓烈的烟气。放眼望去，发廊、酒吧，灯火通明，人声鼎沸。这是一个玩乐和拼搏的世界，人们被利欲熏心，忘了原始的安宁。

城市的夜，语言那么嚣张。喇叭声、应酬声张扬着表面的华丽，淹没了大地原始的声音。人们听不见水声、风声、叶子与花的对话、亲人的对话。我感觉到大地的生命越来越衰弱。

总之，夜不再宁静、不再单纯。我开始埋怨这一路灯光，如果没有这些灯，人们不会在黑夜里乱闯。当人们把身心交给家外的灯光，家里的灯便生出寂寞，家的怀抱便生出残缺感，残缺得让人痛心疾首。

走在长长的马路上，生活的浪潮向我涌来，我像一棵石缝里的小草，摇了摇，又挺了挺。在生活面前，我不得不先学会承受，再想办法拒绝，努力承受着难以容忍的混浊。我分明看见灯光下行尸走肉的灵魂，像干枯的树叶游走在大地上。我分明看见月光无法抚平一张张伪装欢喜的生硬的脸。

我试图融入这个喧嚣的境地。但我终究是一个执着于纯美的逃避者，我用心念拒绝了喧嚣。一个人行走在梦的原野，我在心界内虚设舞蹈的芦花托起我的身体抵达浪漫唯美，我幻想自己长在一片田园中，泥土滋养着一切，鸟儿已经入睡，路很安静，花草们暗香阵阵，每一个家的灯都发出懒媚的光，大地散发出爱和温暖的味道。

记得曾经有人这样说："把所有该回家的人都召回家，这个社会就会安定许多。现在有多少不回家的人，不是因为事业，而是在酒桌上，歌厅里。如果晚上每个家庭的灯都亮了，也是一种时尚。"

夜了，请回家吧，你属于家的，家里的灯需要一双温暖的手打开。

夜了，请把家外的灯关了吧。不怕没有星星和月亮，只怕灯光偷走了黑夜的宁静。

我眯着眼睛，快步走回家，眼前的世界被我眯暗了。

夜里的暗路，隐去了灯的诱惑，更像一种温暖的人生。现实变得朦胧，有一盏灯始终在我心中清晰地亮着。站在家门前，一缕温馨的光，带着绿豆糖水的香气从门窗里射出来，仿佛对着我微笑，一种真真切切的幸福，在心头升起。

- 爱上那片海 -

我是夹着尘埃行走的女子，深谙生活的负荷，岁月教会我淡定，但无法洗去我的本真。我热爱大自然，喜欢阳光喜欢花草喜欢山……更喜欢海。

炎热的夏天，又去看海。

在一条长长的长满芦苇的水泥路上，我和遛狗的人慢慢地走，背向人间的硝烟，放下作战的武器，只带一颗心，悠悠然然地，走向我的一往情深，把想念化作沿途的一路草木。骑自行车的人，像强风一样疾驰而过，惊动无数芦苇。

抵达大海，伫立海边，深深凝视海，产生一种原始的渴望，渴望成为海里一条鱼，尽情地在海的怀里舞蹈，任思想的蕾恣意绽放成浪花的模样。

喜欢海，是因为海用一种别样的姿态诠释"成熟"。有人说，经历过风吹雨打，走过幼稚，便走向沉静低调，便越来越懂得控制自己的行为和语言，便不再天真烂漫，便不再热情，便淡到无色无味。可是，海不一样。在海身上，我分不出幼稚或成熟，也看不到海在岁月中的变化，一年复一年，一如既往的蓝，一如既往的咸，一如既往的任意起伏。或许，每个人都希望自己保留本真的一面。或许，自然便是真正的淡然。或许，本真才是成熟的最高境界。

我与海习惯无声的交流，习惯把心声写在脸上，写在眼眸里，在彼此对望时用心阅读对方。多少次，我们在蓝天下律动、交汇，坦荡地相知相融。我像往常一样，把心交给海，漫步在海的边沿，任海动情的眼波引领我的神魂抵达宽阔幽远的境界。

忽然有强风，自南边来，穿过高塔，越过花草，横冲过长长的路，呼啸着奔向海。

海早就感应到风在路上，感应到风很快就会抵达它的胸膛。它太熟悉风的速度和声音，正热烈地等待风的投入。风终于投入海的怀中，无理由地卷起自己在海中翻滚。海被掀起洁白的浪花，像朦胧的雾烟，像感性的泡沫。风呼着浪，浪唤着风。浪声，风声，交汇在海天间。浪拥着风的腰，共舞成一个优美的弧度，浪漫在感性的情节里铺开……

风遇见海，是自然，是天意。风摄魂的声音，瞬间让海的灵魂在魅惑的诗意里颤抖。

海，用浪的形态和声音迷住了不羁的风，用激情瓦解了风经年的傲慢。爱如画，情如歌。这大自然的爱情，多么坦荡，多么美妙，不需要理由，不求天长地久，只用尽力气，痛痛快快爱一场。

风，已然忘记自己的身体属于大自然。当海还在眷恋，风的身体已不由自主地脱离了海的怀抱。风，如此轰轰烈烈地来，洒洒脱脱地走。

放眼望去，见几只渔船，懒洋洋地在海边游畅，有的渔民在提网拣鱼，收几斤美食；有的渔民干脆坐在船头吹风发呆，用目光收几朵白云，渔船随着海水起伏，如舒适的呼吸。忽然一只快艇迅速奔来，剪开海面，分出一条水路，激起层层海涛，像一个争取自由的勇士，用力挣脱世俗的束缚，赢得浪的掌声，浪花掠过船舷，然后在艇尾形成汹涌的波涛，艇和浪淋漓尽致地演绎着快感和勇猛。

海，就是这样每天迎风而欢，承船而乐。在风和船面前，海是天真的，动情的。

我的情感随着海水时而汹涌，时而平静，在深切的凝视里永恒了一份记忆。理智在我的脚踝上，绑上线，拉着我，坐在海边一块大石上。走了一阵风，又来一阵风。风来时，浪起，我和石不动，是一幅动静相宜的画；风走时，浪静，我和石不动，是一幅宁静致远的画。

海边有无数块石头，形态各异，大小不一，但都是沉默的。

石头守着海，不作声，不起浪，只等海的发现，发现它的沉稳与坚韧，发现它的低调与丰盈。

我看海，石就在海边，觉得石是海与生俱来的一部分。有些东西相伴久了，就像在身体里生出一条线，把彼此连成一体。石躺在海边，被水浸着，是习惯，是自然。习惯总是让感知能力渐渐减退，让人忽略彼此，却又不想离开彼此。

风来时，石是知道的，石看得见风的魅力。石是冷静的、大度的。不管海与多少阵风相遇，石会一直用沉默的方式坚守在海边。

低头，看见石头上长出苔藓，柔柔的，滑滑的，绿绿的。一块石头，要经受多少岁月的洗礼，要吸收多少海水的营养，才能生出苔藓？这分明是海与石的结晶，是时间的证据。海水一直滋养着石，石一直欣赏着海水，它们懂得最长的陪伴是最深的爱。

看着白日光随波而去，落日渐渐隐没，月光铺在海面上，船停下来，风轻下来，整条海安静下来，伸着懒腰，打着呵欠，轻吻着石头，像朦胧欲睡的诗人，在我脚下沉吟，那声音如情人的蜜语，如微风拂过琴弦，如一朵花悄然落入水中微微的叹息，远处群山相拥而眠，海自然的腥气，自然的咸味在空气中弥漫，那么和谐，那么愉悦，这一片没有仇恨没有烦恼的仙境收容了凡俗的我，我的心灵在爱里升华。

夜了，我挽起心底的清流，作别大海，起身离开。这一生，注定爱海，却不会为海停留。离开的路上，又见芦苇，随风摇摆，却深深地扎根在泥土里。其实，我也像一根芦苇，深深地扎根在现实的爱里。

人生如海，把心胸修炼广阔，把性情修炼仁慈，能承受风雨，能滋养爱情，即使满身尘埃，也能让心开出清莲。当我是那一片流动的海水，带着灵性淌入尘世，矢志不渝的爱便生根发芽。

　　返回现实，站在中年的渡口上，看几分天真、几分洒脱、几分执着、几分淡泊诠释着人间的波波折折，恩恩怨怨。回望海、风、石，一份沉静在海风中突围而出，立在水上，清醒地听见风的呼声。

第四卷 · 乡情卷

－ 鸟的天堂 －

我的故乡，是鸟的天堂。

小时候，听奶奶说，五百多年前，天马河的中心有一个泥墩。有一天，有人划船经过泥墩，把一根树枝丢入水中。不久，河面上冒出榕树芽，之后榕树越长越大。

如今，榕树的枝叶覆盖着河面，面积约 20 亩，树上栖息着千万只鸟。一年复一年，树和鸟和谐地相处在这方水土，成为奇景妙事。1933 年，文学大师巴金先生乘船游览后叹为观止，写下优美散文《鸟的天堂》。从此，在乡间沉寂了几百年的奇观一下子中外闻名。

巴金说这里是鸟的天堂，说得像一个神话。天堂一词，原本只是一个梦想，是人类心底渴望的没有灾难、没有痛苦、没有邪恶的美好境地，本不存在于人间。而鸟的天堂这个神话又是如此真实贴切。一棵榕树在河里活了五百多岁，承载了五百多年的美好现实，验证了生命的强大不息，彰显大地深远的意蕴。鸟的天堂，不在天上，而是深入河腹，植于泥下，又高出水面。这样的天堂，无疑是接了地气、水气的。

不得不说河，没有河，就没有这棵巨大的榕树，也没有这么多鸟。

河，是沃河。河底是沃泥。河水是沃水，是原始的，不受污染的无毒水。河环绕整个乡镇，连接着七个村。临河而居的村民，食用河水，心融河水，每天听河水叮咛，与鸟儿对话，等朝阳渡命。放眼望去，河的远处是一望无际的稻田和果园，稻谷和果树依赖河水而生长，品质优良。这里的河水不清，是鲜活的黄泥色，可养鱼虾，可育水草。河中有木船渡人，不争，不急，知去知归，日下移动，月下皈依。

榕树，是根茂、叶荣、须多、易生的树。只有这样的树遇见这样的沃水，才能将生命的繁茂演绎得如此淋漓尽致吧。

这里有十多种鸟，最多的是白鹭和灰鹭。灰鹭也叫夜鹭。白鹭朝出晚归，灰鹭暮出晨归。鹭群有出有归，互相更替，井然有序。

村民如白鹭，朝出晚归。清晨，村民与白鹭一起苏醒，在路上互道早安，各自开始劳作。白天，鸟儿在树上休息，偶有几只鸟飞起，叫声柔和，微小。傍晚时分，村民纷纷归家，经过大榕树时，数不胜数的灰鹭从巢里飞出，飞向遥远的地方去觅食。夜，是灰鹭的奋斗时刻，此时整棵树安静下来，像母亲一样默默地等候孩子归家。

记忆中的鸟的天堂，是受村民保护的自然风景区。禁止周边污染河水，禁止捉鸟和拾鸟蛋。景区在河右边，我家在河左边，两者只隔了一条河的距离。河上有石拱桥，站在桥上，可见古色望鸟台、河中客船、葵树等。景区曲径通幽，别有洞天，格桑花遍地，鸟声阵阵，柳条飘扬。

途中有小凉亭、荷塘、松果、香蕉、木瓜……

这里是鸟的天堂，也是人的天堂。

我确实感觉到，我是生于人间仙境的人，自小和鸟一起，享受着这片沃地。小时候，活得像小鸟一样无拘无束，常常跟小朋友一起在河里游泳，游着游着，就游到老榕树旁，看鸟。那时不懂事，把鸟蛋拾起来带回家中，母亲看见鸟蛋，马上生气地说，快点把鸟蛋送回去，这些鸟蛋会变成小鸟的！读初中时，从家到学校必须经过老榕树。每天早上，我骑着自行车去上学，那是白鹭出、灰鹭归的热闹时分，我一边望鸟，一边慢悠悠地向学校前进，看那薄雾中，万千灵鸟嘎嘎呼唤，翩翩起舞，凌空翱翔，野趣盎然。那一片天籁之声就这样陪伴着我成长，根植于我的脑海。

我这一生注定充满鸟性，灵魂里长着翅膀，向往自由，喜欢蓝天白云，喜欢大树河水。是这个宁静优美的乡村，把我养成一只无愁的鸟，是这里无数的鸟教我独立、单纯。

长大后，不管身在何方，心从未远离这个天堂。

有一次，遇见一个靠近大海的别墅区。小区内有人造河，供养着生物循环链，可坐着小船随意划行；有无边界泳池，若天若海。每栋别墅由一百平方米的三层建筑和三百平方米的花园构成，门前养花，门后养鱼，大理石路环绕花园，庭院里种果树，像随意的农舍。宽敞舒适的会客厅，透明立地玻璃门，风声鸟声随意可进，门外的大阳台上有阳光可晒。床离窗外的云天很近，睁眼见云来，闭眼云入梦。这样的住处，像极了我心里的天堂，让我深深喜欢。

在深圳，曾有一年时间，我上班时必须走过一条种着几十棵榕树的路。因有乡容可赏，有乡音可听，我走得特别慢。从第一棵榕树起，棵棵长着长长的根须，必有几条须随风抚过我的脸颊，必有几只小鸟在头顶飞过，惹动我心底柔软的乡情。然而，这些榕树因没有沃河的滋润，无法长成故乡那棵榕树那么大，鸟儿也稀稀疏疏，总觉得有点遗憾。

六月回乡，又见鸟的天堂。

雨刚刚停下，我和母亲在天堂周边漫步。田园安静，叶上花上，雨滴未干。红豆绿豆四季豆，正在悄悄生长；满树半闭半睁的龙眼，你望我，我望你；藤儿攀紧竹子，你情我愿；青水瓜挂在河上，随风摇摆；黄蝴蝶飞过，香蕉弯了弯腰。我重复走着几条路，在一些花旁边蹲下，鼻尖碰落了它们身上的雨滴。坐在一丛紫苏旁，一只小鸟飞来，在我的脚旁轻轻走过，把我当成了同伴吧，没有一丝害怕。

我在小鸟的笑声中找到童年的幸福，在一群异乡旅客的赞叹声中找到家乡的自豪，在一条沉沉浮浮的木船中找到生命的印记，在慢慢流动的河水里找到影子的皱褶，在榕树须里找到一直蔓延的想念。一个在鸟声中长大的孩子，贪恋一棵树可以随便造窝、一条河流动不止、一抬头就望见蓝天、一飞翔就靠近白云。

站在河边，望河中大树，密叶隔开天和水，那榕树根枝纵横交错，疏密穿插，不分主次，里面有大小不一的鸟儿，鸟儿藏于枝杈间，时隐时现，随兴点染大树。

　　坐上小船，围绕着榕树一周一周地转，聆听鸟儿原始的声音，看那明丽的阳光辉映着湛蓝的晴空，阵阵凉风吹来，河水静静地流淌，不纠不缠，船只划出微微波纹，像柔软的丝绸在风中扭动，细致而迷人。河边水草丰美、野花蓬勃，它们默默陪伴、默默衬托着大树，年年岁岁，没有破坏，和谐共处。置身在鸟的天堂，感受自然天成的意蕴，我与这里的一切融为一体。

　　和鸟一起享受树，和树一起享受河，互不伤害。自天堂佑之，人鸟吉祥。

－ 心灵栖息的地方 －

在乡村的日子，感觉不到尘世的苍凉，只有或隐或现的宁静和希望，在潜藏，在滋生。那些路，看不到尘世的污染，油菜花，小平房，小河，都那么安祥。

天那么蓝，树那么绿，路那么静，水那么清。像与一个心爱的、没有脾气的知己一路同行。委屈渐渐被花树收容，苦恼渐渐被风带走。在这里，释放自己，任何人，任何事都绊不倒漫不经心的脚步。

其实，我一直活在心中这个宁静的境地，不让心被现实劫持去。常背对喧哗，径自走进田野。临摹大自然的安宁，在心田上种花，种自由，种快乐。坐在小河边与水倾谈，望着天空吟唱熟悉的歌谣，让浪漫渗透肌肤，迷醉灵魂。

喜欢在温和的树下行走，树荫挡住太阳的热情，让它刚刚好不灼痛我的心情。喜欢闲散的生活，天与地不追不赶，各自逍遥，用自己的方式面对众生。喜欢小桥轻松地搭着河岸的肩膀，低低私语，来人不避，爱得自由自在。喜欢云朵儿拉着光阴的手臂慢悠悠地在山水间飘着，溜着。喜欢小花小草在路上摇着摆着，像一群置身度外的看客。

太阳落山了，晚霞姑娘的表演给乡村带来浪漫的背景。忙碌的人们从每块田地里收起勤劳的双手，怀想着灶前的饭香，一步一步地走回家。看不到虚伪的脸孔，看不到诱惑的角色，只有安分的脚步轻擦泥地的声音。似乎还听见万物交头接耳谈天说地的细语。这个山村里，谁的头脑里想的都是轻松的情节。

炊烟在一间间平房的顶上盘旋，一缕又一缕弹出、消散，有意无意地指引着人们回家。长满野草的小桥上有几个小孩在嬉戏，河里一群鸭子嘎嘎嘎地欢唱，一圈圈的波纹是河水漾出的笑纹。家门前，几只鸡正在吃谷子，狗儿蹲在鸡的旁边，一个劲地伸舌头。人们收起了一日的辛劳，迎向一锅香喷喷的饭菜，融化在一片和谐的气氛里。

眼睛看到的一切都是诗的情节。风，是诗的旋律，随着天时的节拍起伏着，像大自然的呼吸与灵魂合奏，毫无造作的痕迹。一缕缕爱和自由就是诗的眼睛，闪着亮亮的光。

我期望世界变得柔情，在我生活的地方随处都有乡村那种舒适的感觉。还有一颗心，是我想到达的地方，那里有无限的包容和深深的喜爱。枯草可以重生，树木永远在长高，小河不息流淌，大地轻描着希望，淡写着生机。

冬天是我出生的季节，我却常常害怕冬天，十二月的冰冻，只有亲情能融化。冬天我只想要家的温暖，有妈妈的日子就有家的温暖，在出生的那个冬天，就注定了我需要妈妈的怀抱。乡村里，有妈妈的体温，有妈妈的轻软细语，有妈妈的饭香。冬天，我想在这个美丽的乡村一直待着，待到春暖花开。

我的心根深蒂固地，属于宁静的乡村。我相信，我会在这里一直长，向着广阔的天空，一节节向上。像田野上的油菜花一样迷人，像山林里的树木一样平静，像云一样洒脱……

在人生的行程里，乡村一直是我心灵栖息的地方。

－ 父亲的情趣 －

一、捕鱼

海水微漾，两岸绿树，朝霞弥漫，一片辽阔，美成一首诗。父亲站在木船上，撒渔网。一张渔网，像展开的无字天书，写满父亲的淡泊和悠然，那无数个细孔，是无数个省略号，一落水，就被水用温柔诠释。是啊，是温柔，在我眼里，撒网的父亲是温柔的，父亲撒出的网是温柔的，水是温柔的，时光是温柔的。

渔网慢慢沉浸于水中，父亲插稳竹篙，将船定位在海边，坐在船头，拿起竹烟筒，掏出烟叶，将烟叶塞进烟筒嘴，点燃一支大香，用燃烧的香头点燃烟叶，开始咕噜咕噜地吸响烟筒里的水，烟雾随之进入父亲嘴里，父亲的嘴一张开，吐出一腔雾，马上被海上的风吹散，细波涌动，船儿左右摇摆，父亲目光无愁，心无半点事。父亲知道，此时正有鱼儿游来，虾儿游来，蟹儿游来，草儿游来，云儿游来，一切该来的都会来，不来也不需要理由。父亲就这样，不管捕来的是鱼、是虾、是草，哪怕只捕到一网水，一拎起，千漏万漏，得一个空网，他也是一脸的满意，俨然捕到了丰盈的时光。

收网时，父亲像拎起时光的经书，安静阅读，挑几只重点的虾兵蟹将鱼卒放进桶里，剩下的全倒回海里，惹起一群水花，父亲撑着船，头也不回地走了。

父亲十六岁开始工作，他的第一份工作就是撑船，我想父亲对船一定有很深的情，这使他在往后开车的日子里，总惦念船，得闲便如此撑着船去捕鱼、捕虾，甚至只是捕风声、捕水意。

父亲老了，渔网闲了很多年，它们被父亲挂在床头蚊帐上，是父亲一举头就望见的明月，照见少年、中年的影子，时光轻轻地把它们酿了又酿，最终成为美酒。

一个人陶醉在一方河中、一只船上、一张无意的网中，是父亲最美的闲情。

二、听故事

自我有记忆以来，我家就有一台收音机。我家的收音机在中午 12 点一定准时打开，那是听故事的时间。

听故事，是父亲的习惯，而受父亲的影响，成了一家人的习惯。

父亲的工作除了少年时撑船，后来在四十五岁前都是开车，开过犁牛车、拖拉机、三轮车、货车。这些都是比较自由的工作，时间可由父亲安排。父亲工作时是很认真的，但每到中午 12 点，不管有多么繁重的工作，他都尽力返回家中。

家里有一张藤椅，放在天井靠近大理石花池的位置，天井上光线充足，父亲躺在藤椅上，闭着眼睛，听故事，讲故事的人声音抑扬顿挫，就那么听，那么听啊听，听软了藤软，听落了风，听宽了天井，听着听着就睡着了，那些故事像走进他的梦乡，故事讲完了，他还没有醒。我怀疑故事里有溪流清风、有天籁之音、有神气仙息，能净父亲的心，能安父亲的神。

天井里，听故事的除了父亲，还有母亲、我和弟弟妹妹，还有两只白猪、一群鸡、一只猫、一只狗、一盆月季花、一盆仙人掌。听故事的家人家禽家花们，各有各的姿态，各有各的心思。此刻，家是最暖最和谐的，阳光也正好照进天井……

我一直没有问父亲究竟有没有把故事听清了听明了，反正这是他的享受。

父亲听故事，是半睡半醒的吧，而我是清醒的。我在童年认真地听过《西游记》《三国演义》《红楼梦》等经典故事，可是那时的我对故事的理解是肤浅的，甚至根本不理解，至今回忆起来，那些故事情节一片模糊。这让我有一种觉悟：清醒不如糊涂。或许父亲认为，故事是用来听的，不是用来记的，也不一定要理解，所以他从来没有保持清醒的头脑去听故事。人生就是这样吗？做一点漏一点，记一点忘一点，完完整整走下来的一生，我们忘记的、遗漏的那么多，根本不用太在意，更没有什么可惜可言。

听故事是父样的闲情。听一点漏一点，是父亲活着的态度。

中午 12 点，是父亲的休息时间，在他心目中，休息比钱更重要。或许，听故事只是一个说辞。

三、阳台上种柑

小时候，我家种田，种得最多的是柑橘。种柑橘需要技术，我的祖辈都是农民，几代人，无一代不懂种柑的。二十年前，我家的田被政府征收了，从此再也没有种过柑。

老来的父亲比较清闲，特别怀念种柑的日子，新房盖成，想在楼顶砌几块小田，种点柑树。这事不容易，四层楼高的顶，要花费多少力气才能填满泥？何况父亲早就过了身强力壮的年纪。我想，这只是父亲说说罢了。

去年秋天，听说父亲开始在楼顶上砌墙填泥。待我回到家中，已是小田九块，小柑树神采飞扬。

清晨，我依农民的习惯早醒，走上楼顶，看见父亲正在给柑树浇水，水龙头上圈着一条胶水管，父亲牵着水管，绕着田，慢慢地转，水细细地、柔柔地洒在柑树上，柑树周围还种了小白菜，它们一同在清晨的甘露中拔节，我看见一种无比的安祥从父亲的目光中伸展开来，他的身上染了泥土和嫩叶的气息，我在他的背影里抵达了深深的淳朴。

"爸，你这么早啊！"

"是呀，每天都是这个时候起来浇浇水，今天摘点小白菜给你们带回深圳吧！"父亲开始一棵一棵地挑长得好的小白菜，只觉得他在玩小魔术，趣味十足。我明知此处有九棵柑树，但还是从左到右，又从右到左，重复数了几遍，仿佛怕忽略了其中一棵、怕内心的虔诚表达不足。泥土松软，柑树很小，我想象满树柑子的冬天就在阳台上，父亲剪枝，我接住柑子。

一个人可以心中无风月，无墨汁，可以不懂吟诗，但必须有点情趣，才不会被俗事掩埋。家中最好有一处可以消磨时间，供养情趣的地方，不一定是书房、茶室，可以是几块小田，用来闲对，兴起时摆弄一回，在其间，浇水、捉虫、修枝、收成。

我家最后的九块小田，九棵柑树，是父亲留给后人的情趣。

- 一幅悠闲的画，茶坑村 -

茶坑村是广东省江门市新会区会城镇的一个小乡村，离我的老家只有三公里。这里宁静而充满书香气息，曾是我国近代著名政治活动家、思想家、文学家和学者——梁启超先生的故居所在地，所以整个村的历史遗迹一直受保护。

小时候，我去外婆家时，要经过茶坑村村口。站在路口朝村里的房屋和长巷望去，觉得它十分普通，跟我所居住的村落没有什么不一样。直到读初中时，有同学约我一起上凤山的熊子塔玩，才真正走进茶坑村。

从村头走到村尾，才知道村里有梁启超先生的故居。

熊子塔，又叫凌云塔。建于明历三十七年，八角，七层。登临其中，可遥望银洲湖、崖门海。在鸟的天堂的望鸟台上，远远地可以望见一座塔耸立在凤山山顶，像一支巨笔，直插云霄。

那时候，上熊子塔的山路很窄，山上草木繁茂，不时遇见蛇虫鼠蚁。

我们像一只猴子，左窜右跳，抵达塔脚时已精疲力尽。熊子塔脚边有一个凉亭，无数游人在亭上刻下诗句，那时喜欢坐在亭里清凉的石凳上读那些诗句，揣摩游人的心境。熊子塔墙壁斑驳、地板破损，给人一种沧桑感。塔上的门洞处于不同方向，坐在门洞上一边吹风一边看风景，如闲云野鹤般自在。塔的周围是冲积平原，土地肥沃，葵树得天独厚，葵林四季常青，郁郁葱葱。

从熊子塔下来，便到梁启超故居走一走。那时我对历史不感兴趣，没有心思读梁启超先生的丰功伟绩，只觉得梁启超故居很有气派，虽然跟我家老屋一样是平房，但面积大多了，而且里面的家私古色古香，窗框上的雕花很精致，是一般人家里没有的。记忆中上过几次熊子塔，也去过几次梁启超的故居。于我来说，茶坑村是熟悉的，亲切的。

长大后多年没有去茶坑村。

那日，回乡看望父母。一家人想到大海边走走，在前往大海边的路上遇上修路，掉头开着车漫无目的地来到这里。

阳光灿烂，这是一个让人心情愉快的日子，连风儿都那么悠闲得意。

村口的那几棵老榕树越来越老壮。那些凌乱的胡须还是没有梳理，一条条，你勾我搭地讲述着光阴的故事。树下的热闹早已迁移到繁华闹市中，村里人烟稀少。不知哪个淘气的小孩生气时把树下的石凳砸断了。树旁有一条小河，树叶一边跟清风玩耍一边与河水相顾而笑。

大理石铺成的小路，被人们的脚步磨得光滑而明亮。脚步落下去，实在而沉稳，听不到脆弱的回响，如同走进了一个知己心里，忽然地没有了孤独的感觉，心底生出丝丝的感动。路的边缘滋长着一些嫩绿的小草，在阳光底下鲜活着生命。

路旁，一个老人，深邃的目光看不到焦点，安静地坐在椅子上，身旁停着一辆三轮车，车上放着一些本土特产。他是卖陈皮的，看不出他脸上有等待顾客的表情，他是在回忆那些年的故事吧？不然为什么，我们走过时，他的目光闪烁了一下。我们的青春，毕竟在他的回忆里。

在一个米机房里，两只大肥鸡正悠闲地啄着地上的米粒，这舍不得吃的鸡，应该是要留到过年，子孙们都回家的时候才吃的。突然想起奶奶院子里养的几只母鸡，眼神发亮，猛吞口水。

如今，很多乡村的旧房已改建成三四层高的新楼，但是这里一路望去，全是青砖土瓦，一样的高度，没有那些艳丽张扬的楼房，就像一幅浓淡相宜的水墨画，所有的背景都泛着一种天然的清新。

这里的一巷一屋都是那么熟悉，与我家老屋的味道一样。走在这里，尽管丧失了新鲜感，却自然亲切，永远不会生出失落的情绪。走着走着，一股纯净的古朴气息便渐渐环绕在身心。

进入梁启超故居纪念馆，一眼便看见梁启超先生的铜像站立在大院中央，铜像中的梁启超一手紧握书卷，一手叉腰，目光坚韧，做深思状，样子儒雅大气，具有探索精神和学者风范。站在院中，望见远处的熊子塔，耸立在云端。梁启超在十一岁时曾写下《登塔》一诗。诗云："朝登凌云塔，引领望四极。暮登凌云塔，天地渐昏黑。日月有晦明，四时寒暑易。为何多变幻，此理无人识。我欲问苍天，苍天长默默。我欲问孔子，孔子难解释。搔首独徘徊，此理终难得。"此诗体现了梁启超少时强烈的探索精神。明清时期，新会人把熊子塔称为"文笔"，认为此地人杰地灵，定出文人。清末果然出了个梁启超。熊子塔，巍然屹立在凤山之巅，以不变的姿态与梁启超的铜像遥遥相守，诠释着历史，眺望着未来。

梁启超故居最初只有 400 平方米，由故居、书室、回廊等建筑组成。2001 年扩建成纪念馆后，面积达 1600 平方米，保留了原来的青砖土瓦房，也增建了西方风格的楼亭，既有晚清岭南侨乡建筑韵味，也隐现了天津饮冰室风格。那些古董床、炉灶、各种器皿等还在，但已经整修过，种植了一些花树，建了一个大鱼池，养着各种颜色的鱼。几个游人似乎都对历史没有兴趣，坐在池边喂鱼，看来都是为觅一段悠闲时光而来。

馆内张贴了丰富的历史图文，展现了梁启超爱国图强、毕生奋斗的事迹，陈列了部分梁启超的著作。据说，1902 年虚岁满 30 的梁启超元气淋漓，能量惊人，《新民说》《论学术之势力左右世界》《新史学》等著作横空出世，在中国政界、道德界、学术界掀起巨大波澜。梁启超认为"民弱者国弱，民强者国强"。因此梁启超把精力放在了培养中国新民的工作上来。梁启超在著文时，有意采用俗语写作，一扫古板、僵化的文言之风。他的文章通俗易懂，文笔生动、活泼、新鲜，被当时人称为"新文体"。梁启超的思想影响了一代人。少年毛泽东深受梁启超的影响，18岁的毛泽东将他所描绘的未来中国政治蓝图贴在湖南长沙一所学校的墙上，蓝图中，孙中山将成为新中国的总统，康有为担任首相，梁启超则是外交部长。梁启超也是周恩来青少年时期久敬久仰之人，梁启超的演说词与周恩来的"记者识"，一起署名"周恩来笔录"登载于南开的《校风》报上。

望着梁启超的书室里几排陈旧的书桌，不禁想起他的《少年中国说》里的句子："老年人常思既往，少年人常思将来。惟思既往也，故生留恋心；惟思将来也，故生希望心。惟留恋也，故保守；惟希望也，故进取。惟保守也，故永旧；惟进取也，故日新。"细思量，保守与进取，对于一个人，甚至一个国家，都具有深远的意义。梁启超的思想真的值得后人借鉴！

走在一条长廊上，突然一抬头，林徽因与梁思成的合照出现在眼前，好奇心牵引着我停下脚步。这是关于林徽因与梁思成毕生的成就的记录，还有他们与徐志摩、金岳霖之间的故事。介绍了那个时代，高级知识分子群体高雅的志趣品格、多彩的生活经历和唯真唯美的感情故事，有着很高的认识价值和积极的人生启示。

虽然这里并不是梁思成和林徽因的出生地，但作为梁启超的儿子和儿媳妇，这里与他们的生命有着紧密和微妙的关系。他们的故事当然会成为茶坑村的一部分。临走时，我在馆内买了一本白落梅写的林徽因传《你若安好，便是晴天》。翻开书本，在白落梅温婉的笔墨里，我慢慢地读林徽因：她活得乐观而执着，坚定又清脆，她的生命不惊心亦不招摇，她不曾给别人带来粗砺的伤害，也不曾被他人所伤。她是那样的柔婉又坚忍，诗意又真实……

儿子走累了，吵着要吃冰棒。于是走到馆旁的小卖店买点吃的，坐在村民准备的木凳上，几个人各自往嘴里送东西，不言不语，不看时间，神态仿若米机房里那两只大肥鸡。坐够了就动身。

回家的时候，天色已晚。晚霞下，小村古老的色调尽显着它的沧桑和详和。我的思绪涉过岁月的河流，以轻盈的姿势飘落在故乡的从前，忆起了小时候，常在夕阳下跟小朋友们一起窜着一条条小巷你追我逐，笑声不断。似乎还听见蝉的鸣叫。忽地，心里有一种柔软的温暖。

小村走过悠长的岁月，不知疲倦地静立在一方土地上。看不出它留恋什么，等待什么，或许它只是在守护一个梦。今日与我们的邂逅，它在转眼间就会忘记。不管我们对它的印象如何，它还是它。我知道，无论我如何地珍惜，无论我如何地想要挽留些什么，在这里穿行的，注定只会是过客。安静的村落，像一个漠视者，它不会记得任何过客的脸庞，永远活在自己的小小世界里。它也是一个博爱者，不管游客带着怎样的情绪而来，它都是静静地任你游走，将你所有的悲喜收容在它波澜不惊的胸怀里。

我们的脚步很慢很慢，像一只蜗牛爬爬停停，用了好长时间才走出村口。

茶坑村，是一幅悠闲的画。熊子塔像画中一个高人，与天语，以闲心看苍生，以恒常之态观大地。而梁启超故居则像画中一条历史的长河，我像一个新梦，涉入河水中，尽情游弋，浮出河面时，还没有洗净今生染上的尘埃。

- 乡村的清晨 -

　　每天清晨，太阳从庄稼地里升起，照在瓦房上，公鸡最先扯开嗓门，喊醒梦中的人。

　　妇女们说着梦话，迷迷糊糊地起床，走进厨房，点火，煮早餐。每家的烟囱飘出炊烟，巷子里充满食物的香气。

　　鸟儿醒来，猪儿醒来，狗儿醒来，孩子醒来……院子、小河边、草丛、竹林热闹起来。母亲撒下一碗稻谷，十来只鸡一涌而上，快速地啄食。猪儿一边用嘴拱母亲的腿，一边发出饥渴的叫声。母亲用剩饭拌上谷糠，加上水，搅均匀，倒进猪槽里，猪儿马上"吧嗒吧嗒"地吃起来。孩子们急急穿衣，洗漱，吃早餐，上学去。

　　妇女们约好了似的，也纷纷从家里走出来，先会到小巷里，再会到大巷里，然后一同流向集市。小巷大巷很快被村民的走路声和说话声淹没。

　　集市在村口不远处，是村里最热闹的地方。

从一间屋里走出一个妇女，头上扎着马尾，包着一块花头布，手上拎一个竹篮，脚穿塑胶拖鞋，走近别人家时，不忘冲着别人家的门口大喊主妇的名字。快走喽，不走的话，好菜轮不到你喽。

男人们极少去集市买菜，一间屋门前的石凳上坐着一个中年男人，从烟袋里掏出烟草，两只手指揉搓着，然后塞进烟筒嘴上，点燃，咕噜咕噜地吸着烟，吸够了就眯着浑浊的眼，把烟从鼻孔里、嘴里吐出来。路上人潮汹涌，中年男人视而不见。水烟是他最美味的早餐，他在其间，将一生的风尘吹成缕缕轻烟，神态悠然。

通向集市的路上，有口老井。每天早上，都有好多人去井里挑水，住在水井附近的村民还拿着菜和衣服坐在井边洗。挑水、洗衣、买菜、做饭，村里人日复一日地过着简单的生活，忙碌着，也满足着。

靠近集市的老巷，其大理石地板被一代又一代的天马人踩过，不变形，不变色，发出一种被时光洗涤过的光亮。离集市越近越嘈杂，这是村里最繁荣的声音，是生活真实的写照。老巷两边有熟悉的店铺，店里摆着各种生活日用品和零食，集市口的早餐店挤满了客人，旺店必有好东西让人留恋。这家店的肠粉和汤面都很好吃，我每次去集市，都会情不自禁地走进去。

集市以卖食物为主。动作最大、声音最响的就是猪肉档了。卖猪肉的男人，手臂必有坚硬的肌肉，脸部也杀气腾腾。手起刀落，档板嘣嘣叫，大块猪骨被砍断、猪肉被分割。鸡档里，鸡们咯咯咯地叫。鱼档最生动，卖鱼的男人总是笑嘻嘻地捉着生猛调皮的鱼，然后将鱼狠狠地往地上一摔，再按客人的要求将晕乎乎的鱼切开。杀生的人并不恐惧，也不会同情猪们鸡们。

集市里的菜都是村民自家种的，家里种什么菜就卖什么菜。我记得我摆过地摊卖过黄瓜，下雨时穿着雨衣，出太阳时戴上草帽，矮矮瘦瘦的，蹲在地上，不敢主动招人来买。来买菜的大多是熟悉的姑婶婆姨，总要逗我几句寻开心，而我只会笑一笑。那时就知道，买卖是双方受益的事，客人得到黄瓜和我得到钱一样开心。在市场里，时刻演绎着盈，卖也盈，买也盈。

乡村集市里的日用品是简陋而实用的，一把锄头，一只竹篮，一个木桶，一把镰刀……除了用于身体上，就是用于田地上，都是必需品。你看，村民多么实在，能吃多少就买多少，需要用什么就买什么，绝不浪费一毛钱或一只篮子。

集市的尾端靠近天马河。河边摆着很多临时地摊，摊主有本乡人，也有外乡人。河边挤满洗衣服的女人，女人一边搓衣服，一边叽叽喳喳地跟旁边的人说开村里的新闻，谁家结婚了，谁家生娃了，谁跟谁吵架了，话儿跟水上的肥皂泡那么多，说过的，都随流水流出村庄。河水声衬托着人声，像柔和的钢琴曲与京剧同台演出，别有一番风情。河边榕树的根须随风起舞，无数鸟儿飞过。此时，村庄是一幅充满动感的画。

集市是乡村的自然产物，是生活之本，是致富之源。乡村走过无数春秋，走到今天，集市老了，但依然在。日升月落里，乡村的人们安逸地生活着，村民的血汗和温饱在集市里，食物的灵魂在集市里。生活在一条乡村里，可以不了解村外面的世界有多精彩，但不能不了解集市里有什么卖。一棵菜，一件衣服，是生命实在的需要，可以讲价还价，但不能不用。

像集市一样热闹的，是果园。天刚亮，村民便自觉醒来，带着农具往果园里去。一路上，草木含露，鸟鸣清越，荔枝树、梨树、香蕉树、柑橘树站在同一个位置等候熟悉的村民走来。村民结伴而行，走在弯弯曲曲的泥路上，边走边说话，说说柑子的长势，说说今天的天气，说着说着便看到一片果园，一下果园就忙开了。云朵在天空流动，鱼虾在水沟里欢游，村民有的除草，有的杀虫，有的浇水，一片热闹的景象。

农忙时节，河是热闹的，稻田是热闹的。收割声、打谷声、笑声交织在一起，使人振奋。稻田边的河里停着很多木船，浪一来，船碰船，人们排着队将稻谷抬上船，运回家。如此热闹，如此欢欣。

农闲时，稻田静下来。稻谷从发芽到成熟，都是沉默的。有蜻蜓来过，有蛇来过，有人来过，但并不热闹，听不见泥土的呼吸，也听不见禾苗拔节的声音，只听见流水轻轻地流过。这样的安静，正在孕育下一场热闹呢。

夜来时，集市静下来，果园静下来，小狗小鸡静下来，整个村庄静下来。天亮时，万物又会醒来，热闹又会来临。

　　季节轮回，时光流动，每一天、每一季都有相似的情节在乡村上演。人们在其中阅读生活，热闹与安静，皆体现生命的本真。

第五卷 · 生活卷

－ 人间烟火 －

无烟火，不成人间。

一日三餐，是生存的基本。食物供养人类的肉身，生火煮食是必然的行为。

不去研究火的历史，只知道自有记忆以来，家里每天都生火。火向食物提供能量，食物因火而产生源源不断的新奇的美。火中变色、变形、油脂溢出、结构分解、香味产生，百般滋味火中得，美食遍布人间。每当饥饿，就想起美食，看见炊烟升起，吃的希望也随之升起。点燃的柴在锅底下拼尽力气燃烧，灶台旁的人，时而加柴，时而翻菜，心无旁骛。一会儿，一碟西红柿炒蛋、豆豉蒸排骨、红烧茄子、白米饭摆上饭桌，一顿美食便诞生了。炊烟袅袅，美食飘香，是人间美丽的烟火写意，也是一种浓厚的文化。

做出美味食物的人通常是热爱生活、懂得生活艺术的人。这样的人，善于把握火候，会从食的味觉和营养上研究火的运用，了解大火、中火、小火的不同之处和可用之处。小时候，我不懂火候，记得第一次煎荷包蛋，敲开鸡蛋，倒进锅里，不到两分钟，炒焦了。后来妈妈教我，炒蛋不能太大火，也不要炒太久。随着年龄增长，随着用火的经验越来越丰富，我也称得上半个美食家了。

我发现，了解火之后，烹制食物时往往是无师自通的，热爱家人的人会不断尝试，不断改进，变魔术似的变出各种各样美食。每天，当孩子和爱人回到家里，我会捧出自已精心烹制的菜肴，一家人慢慢享用眼前美食，饭菜上蒸气腾腾，每个人吃得津津有味、眉眼含笑，构成一幅幸福和谐的画卷。怪不得，神仙都羡慕人间烟火生活，仙女也想偷落凡间！活着的人祭拜已故亲人时会摆出酒肉、水果，点燃几炷香，这说明已故之人也留恋人间烟火。

然而，现今有很多人喜欢下馆子吃饭，不喜欢亲手生火烹制食物。缺少了火的玩味，家便少了情味。饭馆里的饭菜是为了挣钱而做，而家里的饭菜是为了爱而做。有一个朋友，她在银行上班，很忙，她的老公是驾教，不会做饭，而且也很忙，有时各自去饭馆吃饭，有时相约去饭馆吃饭，常常为一顿饭而寻寻觅觅。家里一个月也煮不到一次饭，不到一年，便离婚了。我问她为何离婚，她说家里没有烟火味。我想，与其说没有烟火味，不如说没有人情味。

民以食为天，无食物不能活。

人们种植稻田、蔬菜，养家禽，也是为食效劳。小时候，我家种了很多果树，有荔枝树、橘子树。我的父母大多时间是在果园里捉虫子、施肥、除草、修枝、摘果子。在我的认知里，种果树是金钱的来源，是生活必不可少的部分。我长大后参加工作，是我的经济来源，是生活必不可少的部分。

草房、砖屋、高楼、宫殿，从平民到皇帝，无不需要住房。

房子里住着自己的亲人，便是一个家。家，是身体的憩息地，有了家，才能睡得安稳。一座座屹立在大地上的房子是一个个无声的召唤，街道上的人和车川流不息，最终都是流向自己的家。家，是人间的温暖。

生活是色彩缤纷的，商场里摆卖着各色各样的衣服和饰物，红男绿女们很是享受购物，每天穿上喜欢的衣裳，戴上赏心悦目的饰物，这是人们追求美、享受生活的体现。

时下，很多人说脱俗这个词，我却一直不敢说这个词。身为凡人，每天参与食住行，着实离不开凡俗烟火。脱俗之说总给我造作矫情之感。烟火生活中，有些人追求艺术，比如摄影、弹琴、画画、游山玩水，这些凡人可有可无的追求，彰显了人的精神需求各有不同。看，人间五月，绿树成荫，花团锦簇，公园里有无数人在享受诗意生活，看书的、耍剑的、跳舞的、唱歌的，都那么悠闲惬意，这该是烟火生活的升华了。

我想，火应该为温度的统称。食得饱、住得稳、穿得暖，行得畅，都是肉体活着的温度。

爱，是活着的精神需要。爱如火，使生命温暖和明亮。一个人赤条条地来到人间，又赤条条地离开人间，是爱由始至终贯穿了一生。爱，是人间最让人眷恋的味道。每个人都需要一把爱火，燃起生命的温度。

　　亲情，是最温和的火。父母与子女之间的爱，是两个人爱情的延续，融入血脉，一生相连。母亲以子宫孕育、以乳汁喂养、以真诚教导、以生命奉献给孩子。这种爱，最深沉，最恒久，最自然。人的一生，若没有生儿育女，没有子女陪伴，难免有凄凉之感。

　　恋人之间的爱，是人间最炽热最迷人的爱，两个人相爱，燃烧彼此，或旺或缓，或灼痛或温暖。勇士不怕烈火，甘心为爱成灰；智者点火有道，恒温慢炖，爱如补汤；也有一种爱，用冰的形式诠释，爱到极处无所依，必成冰，唯有一把火能沸腾一块冰。有人说，像和尚一样看破红尘，不食肉，不恋色，是人生的最高境界。然而这种不正常的烟火生活总是让人觉得寡淡清冷，缺少情味和温度。或许，每个出家之人都曾热烈地爱过，在现实中得不到圆满而选择出家修行，用另一种方式表达深爱。

　　生活，是肉体寻找的温饱和安稳，是灵魂追求的艺术和爱。

－ 酸菜苦瓜排骨汤 －

有一味汤，叫酸菜苦瓜排骨汤。

苦瓜，很多人听之惧，食之怕。苦，肤浅之人不喜，唯有经历过磨难，得过好处，方懂得苦的内涵。苦瓜，天生一副沧桑样，绿皮多皱纹、内核特苦。小时候，我们三姐弟都不愿吃苦瓜，入嘴必吐。地里常种有苦瓜、南瓜、青瓜，我总是对苦瓜视而不见，从未亲手摘过一条苦瓜。它们像苦月亮挂在竹枝上，照得人浑身不自在。我的父母很爱吃，母亲说，苦瓜可泻火明目，益气生津。

广东人煲汤，无不讲究营养，甚至很多汤有治病养生的功效。广东人很少吃酸菜，因为四季如春，瓜菜不绝，少有储藏蔬菜之举。更有不少广东人认为酸菜是没有营养价值的菜，是陈旧之物，是穷人用来充饥之物。我小时候，是没有吃过酸菜的。

婚后，我跟婆婆住在一起，婆婆常做一些拿手菜给我们吃。有一天，下班回家，一开门，就闻到一股陌生的特别的汤味，一下子激发了我的食欲。我问婆婆煲了什么汤。婆婆说是酸菜苦瓜排骨汤，乍听名字，我马上产生一种害怕的情绪，为了不辜负婆婆的好意，我大胆地夹起一块苦瓜放进嘴里，奇怪了，这苦味怎么这么淡，淡到好似被时间遗忘了。再吃那酸菜，没有一点儿酸味，而且可以咬出新鲜回声，看出生命光泽，闻到成熟酸香，不失原始营养。此酸菜之美，好比经过时间沉淀的人生，不失初心，不慕奢华，底蕴深厚，醇香绵延。排骨更特别，骨气清幽，肉香悠远，完全没有肥腻之感。吃完汤渣，我狠狠地把整碗汤水喝完，顿感全身舒畅，有余味从喉咙延伸出来。这余味，是淡淡的酸苦夹着纯纯的骨气，使人胃口大开，不禁再来一碗。喝这汤，真的比喝酒还醉！

我惊讶地发现，平凡的酸菜、苦瓜被骨气骨香收容化解后，成为淡而纯香的甘露。正如每一个平凡的人身上都有可掘之才，遇见懂你的人，优势就被发现，亮点就被巧用，传奇就会诞生。

这酸菜苦瓜排骨汤是素质极高的汤，它吸纳了人生苦酸的精华，敛藏了人间之大悲，呈现出骨气。它的美，叫淡香。

婆婆说，这酸菜是无污染泥土种出的不喷农药的白菜，用盐染，用缸闷，用时间酿，含维生素，含胺基酸，含乳酸菌。这排骨，是黑龙江家猪的骨，我不了解黑龙江，但我因此认定能煲出美汤的猪骨就是好猪骨。

从此，酸菜苦瓜排骨汤成了我家钟爱的汤。

夏天炎热，身体上火，又想起酸菜苦瓜排骨汤。

大清早，流连在菜市场。挑一条不大不小的苦瓜，皮肤鲜绿光滑，纹路清晰。挑两棵顺眼的酸菜，味纯正，色明亮。挑一条帅气的排骨，无味色新。它们像和谐的家人，被我揣在怀里，带回家去。

洗那酸菜，将菜叶一片片撕开，像撕开纠缠已久的情结，快意地洗淡那酸楚的味儿，留下淡淡的恰到好处的酸香。切开那苦瓜，挖掉那些核，像一场清除苦难的手术，坦开了胸怀，留下经历苦难后的乐观，看着它们在我的刀下笑成一块一块的长方形，我也笑了。劈开那排骨，一声声来自心灵的脆鸣，演绎着固执变成妥协的过程，妥协吧，为了爱你的我。

细细的酸菜苦瓜排骨，拥拥挤挤地淹没在水下，我听见它们默契的私语，或许，一锅好汤是几种材料的私下协议，煲汤之人亦未必知其内情。开火后，一边清理厨房，一边等候水滚。

突然，鼻子通知我，水滚了。因为香味已被蒸气带出锅外，渗进空气里，飘进我的鼻子里。跑到锅前，调为小火，让滚开的水含蓄地在锅的中央慢慢地吐泡泡，像柔美女子在吐着一个个柔美的词，均匀而细致。如此，陶冶出来的一定是一锅沁人心脾的美食啦。

接下来，依然是等待，或是拿着一本诗歌阅读，或是慢品一壶茶，或是静听舒心的音乐……总之，忘不了在等待它。我不喜欢痛苦的等待，比如等远去的人，比如等一样难得的东西，但对这锅汤的等待，我会刻意记住，因为不用等很久，只需一个小时。记住它，想着它，会美得流口水。等待的过程，一直闻着那味儿，那么近，直逼鼻孔，挥之不去，惹得我心花怒放。

当闹钟的分针从原点转回原点，这一圈的等待在结束的同时输出一股动力，使我快跑至锅前。在锅内加入盐，搅拌几下，浓郁的汤香颤动着身子汹涌而来，让我晕眩。关了火，装上一碗。望着一碗的诱惑向你招手，看你能忍多久。反正我是那么地着急，等不到汤散热，便嘟起嘴大力吹散蒸气，然后轻试一点点，然后那一点点的味觉便促使我疯狂地一饮而尽，滚烫的舌头来不及诉苦，体内的甘畅便霸道地垄断所有感觉，整个人随之快乐，飘飘然。汤是什么汤，已然忘记。待清醒时，便是满嘴的酸酸甘甘甜甜的味道跟我痴缠，我愿意跟它痴缠一百年呢。

那一屋的香，久久不散去，还通过门缝和窗户延伸到屋外，每当爱人走近家门，便传来急促的敲门声，打开门，见到他满脸的兴奋，我以为我今天特别漂亮，让他情不自禁，喜形于色。只是，很快我便失望了，因为他奔向的是那锅汤，而不是我的怀里。望着他倾情于我以外，但又出于我手的汤，我一点也不恨他，只会乐他所乐，恋他所恋。我深感能煲出爱人喜欢喝的汤，是女人的骄傲。

有了那么一锅汤勾着你的魂，牵着你的胃，你会时不时走进厨房喝几口。这一天，过得特别快乐，像热恋的感觉。

睡觉前，爱人习惯把喝剩的汤煮开，避免坏掉。我会躺在床上，闻着那煮出来的汤味，渐渐地迷失了自己，走进梦乡，那一夜的梦，便是喝这汤，闻这汤香。

酸菜苦瓜排骨汤，没有昂贵的材料，没有出色的外表，它是普通人家里一道普通的爱心汤。喜欢它苦中带甘、酸中带甜的味儿。它解忧化愁，我恋它，源自我恋家。

六月，煲一锅酸菜苦瓜排骨汤，如写一段幸福的心意。任眉间挂喜色，迎着夏日清风，看着时间慢慢苍老，我隐遁在烟火深处，慢想陈年经卷，慢煲薄汤浓情。

- 诗意生活 -

我在鸟儿开始唱歌的清晨醒来，草木还在酣睡，露珠还挂在树叶上，薄雾张开嘴，品尝着夜的余香。安静的小区开始有人声、车声，我将清晨的第一把青菜和米粉放进锅里，原始的香蔓延开来。

小区大门口的保安依然穿着整齐，给每一个出门的人问好。美好心情，从一句您好开始。

清晨，习惯散步，行一条绿道，只为看沿途的风景。绿道是一种朴素的风景，但这样的朴素隐藏着无限智慧。我懂得草木的无忧无愁，懂得鸟儿的天真活泼，懂得落叶的悠然，懂得空气的无私。

我记得绿道上每一种树，凤凰树、芒果树、棕榈树、鸡蛋花树，随便一棵树，都是一篇散文，枝枝节节簇拥着树根，各具神韵，永不离题。每天都有路人在行走，平坦的石板路上承载了许多快乐或悲伤的脚步。大多数人都是朝着一个方向匆匆而行，很少有人会慢慢欣赏这些平凡的风景，我是对这条路看不厌听不厌的人。

　　天气那么好，我忘了昨天，只带一颗空心前行，那么自在，好比一朵白云，干干净净地飘着，从绿道入口起，从离我最近的凤凰树看起，凝神，放松，安心地进行一次幸福的洗礼。一条路，便是一世好光景，我自当珍惜每一步。我是日常的野孩子，泥土供养我的纯朴，空气供养我的善良，花香供养我的浪漫。此时，我清楚看见凤凰花开得最灿烂，走近凤凰树，我便是结了凤凰花香的女子，尽显生命鼎盛之美，覆盖了一个人行走的孤独感。走近小黄菊，我便是一棵低矮而自豪的野菊花。无论行走在任何一种草木中，我都会有真实的存在感，似乎我是其中一员。我在这个美好的清晨成为一首诗，被大地温柔地抱着。一阵风经过我，相信它记得我的美。一些词进入我体内，开始生根发芽，我抑制不住蠢蠢欲动的快乐。如果可以，让我借一棵树的力量，长出独立和强壮；如果可以，让我借阳光的温暖，长出爱和希望。

　　绿道，永远是新鲜的绿道，只有 300 米，我每次要流连一个小时，走走坐坐，那么慢，那么慢。

　　9 点，应该进入工作状态的时间，我还没有从散慢的状态中醒来。店门半开，有员工在厨房煮茶，红茶，绿茶，乌龙茶，依次滚起。我看茶，如雾里看花，如水中观月。看完茶，扫落叶、扫灰尘、扫昨天的疲惫；淋花、淋地板、淋昨天的脚印；算成本、算收入，算昨天的利润。一切，顺理成章，此章不过是一点清新，一点滋润，一点成就。

　　我坐在店门口的藤椅上填写帐簿，店门口是十二个花槽围成的花园，有茉莉花、月季花、菊花、一帆风顺、牡丹，簿染上花香，笔尖流香，数字如诗。一只蝴蝶吻了一朵月季花，一只小猫来了又走了，我的茉莉花茶渐渐变凉。

我把账簿锁回抽屉里，把剩下的半杯茶喝完，慢慢地走向菜市场。

走向市场，进入柴米油盐的境地。此时，热闹期已过，不用排队，正好可以把今朝挥霍的时间挣回来。

卖菜的女人快速地整理被顾客挑乱了的剩下的瓜菜，然后慢条斯理地扎自己的辫子，那动作有几分温婉。肉丸铺的老板娘在洗锅，见我就笑着问，老板，还有半斤猪肉丸，你要不要？我说，好的。经过那个淡水妇女的摊子，见她正捧着下巴，坐在小木凳上打瞌睡，我挑香蕉的声音吵醒了她，一抬头见我，疲惫的眼神变得清晰，继而放出一道光芒，挪了挪石头一样的身体。我说，这蕉太熟了，不耐放！我转身走的一瞬看见她眼里的光马上熄灭了。我的脚步犹豫了一下，又转过身去，买了一只木瓜。一只手拿着肉丸，一只手拿着木瓜，在阳光下平衡地走着。路过两辆卖完菜的三轮车，其中一辆车上坐着一个男人，正在玩手机，一边玩一边笑出声来，旁若无人。另一辆车上睡着一个男人，用一件外套垫着头，两只脚架在车栏上，像一只冬瓜睡在泥地上，安然地打着呼噜。旁边卖馒头的女人拿着收音机仔细地调频，直到收音机出现清晰的歌声，她拿起一个馒头，一小片一小片地扯来吃。买与卖，都那么琐碎，寻常日子里的快意，可能就是有钱可挣、有辫可扎、有歌可听、有信可发、有觉可睡……

路过一排高大的树，它们把冬天时忍住不落的叶撒给夏天；路过收废品的老伯背着一大捆纸壳艰难地走；路过推着婴儿车散步的老太太，她额头上一两缕白发被风吹得贴在脸上，时不时用手拨弄几下。

　　我买了今天最想吃的鲈鱼和雪里蕻，阳光已经很明显，我看见自己满意的笑。

- 用鸟鸣代替钟声 -

　　日子是老人牵着老狗一朝复一朝地散步，然后剩下老人独自散步，然后老人也不见了。日子是叶绿了又黄了，是云聚了又散了。日子是任生命流动、任爱情流动、任季节流动、任飞机流动的不定式现实。

　　近来，总想去旅行，和一只装满合意衣裳和零食的行李箱一起。计划，等待，到时，又延时。又计划，又等待。错过远方，还有近处。

　　我的远方大多时候只是一个词，一个放在心里恣意想象的词，一个有辽阔情怀的词。我日复一日地在熟悉的风景里行走，我的寂寞在路上开出花，和那些原地不动的小草结成了知已。我感谢有这样一条路抚慰着我。

　　店里有员工烫伤，需要半个月才康复，我天天倒数时间。一旦和时间算计，时间的钟声就会刻意地在心里敲，心就会一下一下地紧张。

　　时间的钟声，一半遵循了自然规律，一半被世人的思维控制。

　　我从压抑中走出来。夏日在树缝里透出光影，落叶一片又一片从头顶飘至脚下，鸟鸣此起彼伏。我没有一下子融入夏日和鸟鸣，没有用眼神和满地小草问好。最怕，美景在身旁，却无心欣赏。幸好，我越走越平静。

鸟鸣，请你覆盖我吧！像白云覆盖黑云，像远方覆盖现实。

用鸟鸣代替钟声吧。在鸟鸣中忘记时间和时间里的遗憾与伤痛。

我踩着落叶，像乘着小舟，风是微微起伏的海，一只小鸟从树上飞下来，在我前面几米处，时而在地面上走，时而低飞，发挥自如，看来，鸟儿已适应这境地，有人有车，亦能坦然在这里安家，唯有静心，才能融入这条绿道。忽而看见几粒红色小果子被路人踩得苍扁，暗红的浆贴紧地面，它们用悲壮的方式亲吻了大地。我呢，只想好好地活，用余生好好爱这个世界。应该向前面那只小鸟学习，把心安在此时此境，轻松自如地行走。

没有落的芒果，在时间里笑着，渐渐成熟。很多鸟飞来，又飞走，还有些在树上筑了巢。树和草，不长记性，只长高。一条小路，被一些人有意无意地走过，有些人记住了它，有些人忘了它，我不以草木的大小辨认一棵与另一棵。我只在这里静静地走，静静地让思绪流淌，想到草原、日出、飞机、山川……心越来越宽，脚下的路也随之变宽。小路安宁，我为心灵摆放湖泊和岛屿，用蜻蜓点水的方式，在空气中写下一个唯美的故事。

自然中行，只听鸟鸣，不听那现实的钟声。鸟鸣那么灵活，那么容人。它会使一个人自由起来，飘逸起来，成为诗，成为远方。

– 行走在下浪村 –

抵达下浪村，车子在"那里花开"公园门前停下。大地像一个火炉，车门一开，热气便汹涌而来。

公园没开门，周围的小商店也没开门，行人极少。公园旁的空地上，一个农夫正在扫稻谷里的碎草，风弱得吹不起草羽，扫把拂起的尘在光线中飘浮。空中无云，像铺开的蓝纸，任人想象。几只小鸟正在树上嬉戏，传来清脆的叫声。

走近农夫，他热情地告诉我们，公园里现在没有花看，要等到十月，那些花才开。我没有怪花不开，这次出门本就是为了消磨空闲时光。

我出神地望着农夫，在他黝黑的布满皱褶的皮肤上，似乎看到一块稻田，长着岁月的沧桑和果实。想起老家的晒谷场和一些晒谷的细节，心里就堆满了金黄的喜悦。

望着眼前的农夫和稻谷，感到很亲切，对周围的事物便多了些关怀。这是一个视野宽阔的山村，周围是矮山，没有高楼，村屋稀疏、简陋，草木茂盛，商铺都是自家的住房。这样的山村，是寂静的，是淳朴的。这里的故事，充满泥土的气息，我的意识在满目的草木中寻找岁月的痕迹，一枚叶子划过我的肩膀，像儿时一个玩伴忽然叫了我一声，使我停在一棵树前张望了一会。

风，轻轻地吹着我流着汗的身体，风声，使我有几分醉意。不知怎么的，在城市里很怕热的我，来到这里就不怕热了，感觉山村的太阳特别可爱，空气、草木、稻谷和心情都染了阳光的香气。

林清玄说："人应该以灵为性，人要有灵性，一个没有灵性的人还比不上一株草。"就如"火以热为本性，风以流动为本性"。万物的本性需要人去观察、去发现。当我感受到阳光具有香气时，我的灵魂便与阳光融合在一起，仿佛自己是流动的空气，可以带着阳光走动。每一次走近乡村，都能唤醒我的灵性，这使我感觉到我的故乡情、草木情是与生俱来的。

山路砌了水泥，并不崎岖，一路上几乎看不见车辆和行人，路旁种了很多果树，最多的是荔枝树和龙眼树。忽见山腰有一个养鸡场，几万只鸡在树荫下，有的打瞌睡，有的蹲着发呆，有的啄沙，有的互相追逐，有的躲在角落里做爱，每一只鸡都无忧无虑地生活着，不知什么时候被捉，也从不问什么时候被宰。当我看见无数只鸡被锡纸严密地包裹着，放进火苗正旺的窑时，并没有伤感，鸡活着的时候无忧无虑，死后成为美食，便实现了鸡最高的生命价值，不必悲痛，也不必怨怼。

这山，这水，这被山水供养的果树，都是无忧无虑的。

这花，这草，这站在阳光下的小鸟，都是无忧无虑的。

陈旧的村屋，陈旧的烟囱，在山村里阅过无数烟云。它们是生活的镜子，照着人间的温暖与离散。我站在它们面前，无数从前的景象出现在我眼前，甚至可以看见另一个更为真实的我。安静的村屋，躺在阳光下慢慢地回味看过的风景、经历过的故事。我不是它走散的故人，但我知道它有多老，就有多丰富的阅历。光阴在我指间溜走，却带给我深长的回忆，远去的故事，每重念一次，都津津有味。

太阳渐渐下山，暮色弥漫，一些烟囱飘出缕缕炊烟，像人间的一个个梵音，在空气中舞蹈。生活，那么清淡，又那么充满生机。

行走在山村，使我觉得自己是一个特别清澈的人。没有噪声，没有争斗，没有应酬，没有装饰，一眼可望见心底的善良和天真。与山水同呼吸，与草木结良朋，深爱苍穹和云朵。在这里，不必谈什么道理和知识，在大自然里，人与山水草木一样，没有谁比谁更高贵。

我曾经想过，什么样的人和什么样的文字才是最高贵的？可惜一直没有准确的答案。但我知道自己不会写违心的东西，我性格里包含的刚烈、柔情、善意、忧虑等都会自然而然地渗入文字中，做真实的人，写贴近生活与本心的文字是我一直以来的习惯。

城市与乡村，我无法说哪一个更好。人们拼命挣脱乡村，过上城市生活时，有其中的道理。人们在城市中，经常怀念乡村，也有其中的道理。每一种生活都那么真实，每一次怀念都那么动情。我不想批判城市，它是我现在选择居住的地方，我享受着城市的医疗、教育、商品，几乎离不开它。而乡村，这个简朴的天堂，是我灵魂眷恋的地方，是我童音安放的地方，是我的初恋和生命之本，是我想死后埋进去的地方。

追根究底，我更爱乡村，就像更爱自己清澈的样子。

天黑了下来，山村更静了，我的心更静了，静得听见微风吹动树叶的声音。

- 庭院 -

下着细雨的清晨，淡淡的乌云在天空游动，行人、草木和鸟儿在聆听雨声。我一个人坐在庭院里，欣赏花儿。木架上，薄荷又长出嫩绿的叶子；吊兰坐在地板上，像光阴在瓷片上绣出的一朵明亮的花。那棵红运当头，从春节到小暑，都是红运当头，生机勃勃。这些日子里使人心动的事物，每天都层出不穷。面对美好的事物，人的性情一天天被打磨得素雅安然。

最美的生活，是用天然去雕饰、用素心去过。

喜欢与草木相处，欣赏它们顽强而淡泊的生命姿态。坦然接受风雨的大树，从石缝里冒出来的小草，不卑不亢地盛开的小黄菊，在海边扎根的芦苇，都曾告诉过我生命的真理。

那些被现实伤害过的真相，会随着一颗心的强大而变得越来越渺小。有底气的灵魂才能在动荡的世间活出本色。若说人生如戏，也是一场用真情编出来的戏，在戏里，笑是真的，哭也是真的。而那些成长中的过错，到最后都不值一提，该提的是一个好好活下去的理由，该取的是生命中的阳光雨露。

与草木相亲，使我成为一个平静的人，使我更懂得生活的美好。

以前的生活过于庸俗化，除了挣钱，就是吃喝交友。总是忘了放慢脚步欣赏眼前的事物，常常忽略了一只鸟的叫声和一朵花的笑意，甚至不知道活着是为了什么。直到身心疲惫，才返璞归真，不再被尘世一波又一波的浪潮所淹没。

生活是用来享受的。即使在艰难的岁月里，也要有点生活情趣，读书、唱歌、种花、旅游、作画，一切不受世俗所影响的行为，将使我们的生命更有趣。

给自己一个安静的庭院，它可以是老屋旁的一片小菜地，可以是一个不起眼的树荫，可以是高楼里精心打造的小花园。我的小花园，就是我心灵的后花园，我种的花并不名贵，但它们每天被我关注，在我眼里发芽、开花、凋谢。我懂它们的秘密。

有时，我看见两片叶子同一天发芽，它们私定了终身，每天一起呼吸，一起聊天，并在同一天枯萎。那天，当我在花盆边拾起它们干枯的身体时，深信草木有情，因为这份纯美的情，叶子的一生不曾寂寞和空虚。那盆春节时清艳的梅花，在四月时花全落，光秃秃的枝干像一件艺术品，那种舍尽繁华仍苍劲的姿态，使人生出无限敬意。

与那些充满智慧的事物做伴，自然会得几分灵性。禅意，很多时候只可意会而不能言传，心灵与心灵之间有一条秘道，只允许懂的人进入，那些妙不可言的秘境，外人难以明了。生活的艺术是修来的，如"庖丁解牛"，日复一日，经由一种专注，在工作中历练出美感。错综复杂的日常生活，如牛的关节，其实可以理出头绪，逐渐看不见生活的烦琐，只专心地做某些心宜之事。生活之间，有空隙，在每一个空隙里，都可以栽下诗意或艺术。我家的庭院，就是我在生活的空隙里栽下的诗意。

小暑，下了雨，不热。雨，使我的心更平静，使我出行更少，使我更接近清凉和简单。风时大时小，像顽皮的孩子跑来跑去，不经意间，就推开了我心里没有上锁的门。我皈依在原始的花香中，翻开一本书，翻开我微小而强大的生命，静静地阅读。

尘埃，一点点被雨洗去。有一只蝴蝶，扇动着翅膀，从护栏的缝里飞进来，跟我说了几句话。它走后，我心里长满了蝴蝶。

第六卷 · 人生卷

- 稻草人 -

有一个稻草人，孤独了很久，迷茫了很久。

此时，凉风习习，吹醒了稻草人。稻草人睁开眼睛，她冲不开记忆的闸门，想不起自己为何成为稻草人。她的灵魂只有一半，她没有家。风餐露宿，早已成为稻草人的习惯。寻觅另一半灵魂也成为她的习惯。

稻草人拉着风的尾巴，出发。去寻一个家，去寻那另一半灵魂。

走入一条沥青路，突然有一种窒息的感觉，单看见那一个个长得跟自己同样有着嘴脸和手脚的人，便慌了神，相似着，却又陌生着。或许曾经自己也跟他们有着相同的表情。想找一个人问话，却感到自己的语调与他们格格不入。听着自己的发音，似远离尘世伤害的纯嫩的声音，是因为从来没有受到伤害，原本就纯嫩着？还是因为受伤害太多，在蜕变中返纯归嫩了？稻草人好像根本不懂自己。许多问题总是想到一半就放弃。

一直默默地走，从白天走到黑夜，始终只有风的伴随。突然，下起了细雨，稻草人张开嘴，大力吸吮着雨滴。饱了，身体恢复了能量。只是，灵魂还是那么不充实，家还不知在哪里。

忘了是怎样的姿态，躺在了一块大石上，冰凉冰凉的大石用指尖轻抚她的肩膀，一阵舒畅降临，感觉灵魂一下跳跃起来，老高老满的。好像自己的灵魂是整个，不再是一半了。稻草人惊讶这一发现，原来只需一点温柔，灵魂便可自动膨胀！她欣喜若狂，贪婪地想捉住这份感觉，让它永恒。她紧紧地靠着大石。大石是不动声色的宁静⋯⋯

稻草人好像躺在自己家里，安心地睡着了。她拉着大石的手，一起跋山涉水，一起走在沥青路上，一起走入繁华的街道，在别人异样的目光中幸福着⋯⋯"不要走，不要走⋯⋯"稻草人突然大叫。惊醒了，原来是梦。全身发抖，一张久违的脸庞出现在脑海里，记忆的闸门打开了⋯⋯所有过往汹涌而出，流入泪的海洋。原来，是长期的压抑封锁了记忆。稻草人的身体在不断变化，她用手摸自己，发现皮肤弹起来了，脉络顺畅了，跟沥青路上的人越来越神形兼似了。是因为大石，是因为大石的温柔唤醒了自己的知觉，感知了曾经的痛苦。可是，此时望着大石，她的心是甜的。

稻草人温暖的泪水湿了大石的手臂，大石轻拍她的背，像拍自己的孩子。稻草人抱紧大石，说："我永远不离开你。"大石拿下她的手，说："我们不能长时间在一起，我属于这个地方，每天有人累了，需要我。而我，早已习惯了给予来去匆匆的路人温暖。我觉得很幸福。你休息完了，便可以离开了。若喜欢我，便将我的温暖收进心底吧！"稻草人又痛苦地哭了，可是这痛又怎痛得过曾经的痛？如果可以忘记曾经，现在何尝不能？原来，一切都不是那么重要；原来，付出可以不求回报，如大石。大石的影子微笑着走进了稻草人内心深处……

稻草人站起身，潇洒地挥挥手，离开大石，行走在一条条路上。对着路上一个个跟自己相似的人笑着。她遇见了一块块大大小小的石，还有万千事物。她，边走边注视，边走边遗忘……

稻草人已然不再是稻草人，她已复活。是有肉有血、有整个灵魂的人，是内心注满了温暖的人。此时她正站在一棵大树底下，看一个白发苍苍的老人听着音乐打着太极，一下一下，在岁月的腹中画满美好……

有些幸福，是一次曾经拥有的刹那永恒；有些幸福，是伤痕结疤后的坚强；有些幸福，是看到了美丽风景，或是成为别人的风景；有些幸福，是放开后的坦然。走在路上，望那山的安然，水的静谧，树的挺拔，花的娇媚，人亦坦然地美丽。

稻草人感觉自己灵魂已完整，她的家是任何地方。

稻草人，只是迷失时的一个名字……

- 绝境逢生 -

山村的小路上，有一只小狗立于栏，它用期待而忧伤的眼神凝望着一个方向，久久不离开。它身上披上厚厚的雪，但无法掩盖眼睛里透现出来的悲怆。

它在等它的主人，却等来寒风和大雪，天地悠悠，狗已茫然，一颗忠孝之心随着失望慢慢跌入寒谷。栏下，雪深掩路，枯枝败叶残花已冬眠，只有小狗的忧伤一直醒着。深山有茅屋、有石洞、有寺庙，狗却选择在主人离开的路上，站成一个孤独冰冷的世界，它被遗弃在爱之外，又被收容在宇宙之内。

阳光醒来，雪渐渐融化，雪下的悲凉显山露水，被雪染白的狗毛也原色毕露。现实清晰呈现：狗的毛是灰色的，它是黄家的狗，黄奶奶前几天已经去世了，狗再也等不回主人了。

在孤独无助的时光里，小狗可以利用阳光煮沸心中的希望，可以趁着山风的气息呼吸怜惜，可以靠在栏杆上得一刻依靠，然而，一切都被小狗忽略，一切都像与它无关，它心里只有对主人深沉的眷恋。

卡罗琳说，不要把精力如此集中地放在危险和困难上，相反要集中在机会上。狗选择站在栏杆上等主人，它在自己选择的路上演绎自己的人生。

我的路在哪里？不是忧伤思念处，而是目中简单处、淡看红尘处。

在一段遭遇不幸的日子里，我的心灵受伤，精神跌落低谷，妹妹从老家来看我。清晨，我和她出门，忽遇一丛明亮的小黄花，我停步注视，一种美，让我忘了同行的妹妹，也忘了自己，却满目缤纷、满心葱郁，蹲下身子，靠近花的美。妹妹回头之际，惊讶于我的神态，转身跑来，牵着我的衣角说，快走，我们去好玩的地方。我说，我们就在这儿待一会，陪花儿说说话。妹妹说，这儿不好玩，这些小黄花没什么特别，她拉着我的手兴高采烈地往前走。其实妹妹不懂，我始终是简单的人，需要的并不多，即使处在人生低谷，也能发现低处的美好，只要一朵花就能使我明媚。

我知道我往后要走的路，那是一条远离喧嚣、远离名利、远离争斗、亲近自然、返璞归真的路。我想，善地于心，静地于魂，青草可铺成最清新的路，野花可生出最朴实的爱。

罗兰说，各人有各人理想的乐园，有自己所乐于安享的世界，朝自己所乐于追求的方向去追求，就是你一生的道路，不必抱怨环境，也无须艳羡别人。今天，我被尘世伤害，但我一直有快乐活下去的理由。

当你在那滚滚红尘中，深尝人间大起大落，大喜大悲，你需要让人生清浅一些。

世间事，都是置身其中去经历，深深浅浅的悲喜在于心的调整。所谓浅尝，在于心淡。昨晚，一个朋友说她的先生在上月与世长辞。她抖不落忧伤，收不住眼泪，了无生趣。我说，他活着的时候，相爱就不枉此生，归尘之魂与你同在，该是你独立的日子，便一个人好好睡好好吃好好活。看淡生死，看淡聚散，让心的一部分抽离尘世，方不会深痛。清浅人生，不是无情，而是给悲喜一份安然。

狗的人生路，你的人生路，我的人生路，都是自己选择的别样人生。一转念，小狗可以听见雪融的声音和春天的鸟鸣，可以看见繁花绿草向它招手。一转念，小狗从栏杆上跳下来，找到和善人家，投入爱的怀抱。

一路白雪，是大地不言语的留白。

雪外的路，是不攻自破的意念。

－ 老的断想 －

一个人慢慢老去，老到无法灵活地走路，老到无法自如地挺腰，老到满脸沟壑、视力模糊，老到牙齿掉光、头发全白。人生，再也没有力气往上攀了，只会不断地向泥土靠近，直到有一天，不管甘不甘心，都被埋进泥土里。

爷爷95岁，他的肠病已经患了好多年，越老越严重，每年都要去医院住一段时间。对于病痛，爷爷早已习惯，他是珍惜生命的，每次身体不适都积极配合医生治疗，平时饮食也十分注意。95岁，爷爷并不嫌长，也不嫌累。十几年前，爷爷已经叫人画了自画像，便于后代在他离世后供在祖屋的神阁上，他把死看得很平常。

92岁的奶奶，没有力气走远路，最多在老屋旁的菜园里摘摘菜。奶奶顽强得有点惊人。三年前，查出她患了膀胱癌，医生建议不做手术，亲人们也不想她受手术之苦，没有人告诉她是癌症。三年来，她并没有痛苦的表现，家人都认为她的胱膀癌不治而愈了。奶奶热爱这个大家庭，她努力地活着，就是想多陪陪儿孙们。奶奶至今头脑聪颖，说起人情世故及经济，都头头是道，使人佩服。

我一直觉得，奶奶只是身体老了，她的内心从没老去，我总能在她的语言里听出坚强、积极。奶奶的菜园季季有新果新菜，红萝卜、香蕉、枸杞、小白菜、香菜、圆白菜，还有生生不息的野菊花。奶奶每次置身在菜园里，瓜菜们就把活力和生机注入她的生命里。

院子的杂物房里，放着几个瓦缸，瓦缸里装着半缸沙，奶奶把吃不完送不完的粉葛、大薯和红薯藏在沙子里，待儿孙来时有物可取。奶奶努力地把食物保存好，是一种爱的方式，爱得如此深沉，长情。每次吃奶奶种的东西，都觉得奶奶的爱融进了我的生命里。

6月底回乡，爷爷刚从医院回来，父亲和叔叔把爷爷扶到沙发上，他驼着背坐在沙发上，皱巴巴的手按着沙发撑着身体，微微喘着气，眼睛深陷，颧骨凸显，看上去又老了一些。三姑买了瘦肉，在给爷爷炖汤。爷爷说，你们都去工作吧，我自己能做饭。

爷爷觉得，能照顾好自己就是对孩子们最大的爱。每天，他除了坐在沙发上听故事和躺在床上睡觉，就是慢悠悠地为自己煮好吃的食物，然后慢悠悠地咀嚼食物。

如果下午去看爷爷，爷爷一定在睡觉。卧室里，爷爷静静地躺在一张旧木床上，陈旧的蚊帐包围着他。阳光透过窗户，照在蚊帐上，通过蚊帐的小孔，照着爷爷的身体。阳光，就是爷爷最贴身的保镖吧，此时任谁来了，也劫不走爷爷，死神来了也无计可施呢，不然，爷爷怎么可以睡得那么安祥？我叫他，他应一声，然后继续睡。我给他钱，他就把手伸出蚊帐，接过钱，塞在枕头底下，继续睡。对于爷爷来说，煮饭和睡觉都是极大的享受，从不受外界影响。

老屋的院子里有一棵杨桃树和一棵黄皮树。黄皮树种了两年，高高的，瘦瘦的。今年夏天，长了很多黄皮，来年会长出更多枝叶和黄皮果。杨桃树种了十几年，越长越大，树枝压住了房顶，父亲去年把大部分枝条砍了，只留下主干，让它慢慢地重长枝叶。把树根留住，施肥淋水，树还会长出繁茂的枝叶。而老去的人无法重新长出平滑的肌肤、坚固的牙齿、油亮亮的黑发。对于人来说，长命已是一种大幸。年轻时茂盛过、奋勇过就好，老来是宝还是草，其实不太重要，纵然腰缠万贯，满墙奖状，离世时也是赤条条地走。一个老人，最想争取的不过是与子女在人间共处的光阴。

乡村里村舍寂静，年轻人一个个地离开村庄，老人们一个个地死去，老邻居六婆不知哪天去世了，我回去的时候，她家的大门紧琐，门环已生锈，阳台上的植物已干枯。人不在了，房屋就失去了温度，回乡的意义也没那么大了。许多老人在一间屋里住了一辈子，他们舍不得房屋空下来，所以拖着命，赖着屋。

当你回家了，有一个爸可喊，有一个妈可牵，是大多数老人努力活下去的理由。

生命需要一种寄托，这是一个老爷爷告诉我的。两年前，常在早上十点左右，看见一个老人陪着一只大狗，慢慢地在我的店门前走过。偶尔，他们会坐在店外的藤椅上跟我聊天。老爷爷已年过八旬，大狗也老态龙钟，他们每走几步，就要站着或坐下来歇一会。

我说："老爷爷，你们走路好累吧！"

老爷爷说："是啊，我和狗都老了，趁我们还有点力气，多出来透透气，狗跟了我好多年，不能浪费它的生命啊。"

我说："这种狗的寿命一般是多少年呢？"

"这种狗一般活八年，现在已经是第八年了，它还没有走，我不敢走啊，我走了就没人照顾它了。"老爷爷一边说一边深情地望着狗。大狗蹲在老爷爷脚旁，伸着舌头，眼睛疲惫地望着公路，老爷爷伸手抚摸大狗的毛，手有点抖，大狗扭过头望着老爷爷，眼里的深情如汪洋大海。那一刻，我知道，他们是彼此生命的寄托。

老人站起来，对着大狗说："走吧，我们回家了。"

他们一起走向人生的终点。晨光照着老人和狗，他们的影子紧紧地幸福地贴在尘世的路上。

秋天又来了，一场雨刚刚停下，万物滋润，空气微凉，我的生命仿佛饱满起来，走起路来精神抖擞。落了芒果的树，叶子依然葱郁，鸟儿的叫声有点迷人。我忘了自己的年龄，像少女一样哼着歌儿。我知道，只有心境年轻的人才会懂得事物的新颖，才会不惧怕季节的更替和生命的轮回。

我们一代又一代地老去，父母跟着爷爷奶奶老去，我们跟着父母老去。每一个人都用自己的方式老去，但我相信一点，所有老去的人都对爱着的人和事物恋恋不舍，除非心里没有爱或是所爱已死。

　　在无法挽留的岁月里，愿情真一些，愿爱深一些，愿美好的事物多一些。如此，人们一定会努力地活下去。

- 路过一头牛 -

谁会想到火一样的太阳，会突然收起所有热情，猛地给你泼来一天空的冷水。五月，以暴君的姿态来了。

车上的人都因为这场雨感到失望，唯有我对着车窗外烟雾迷离的山和田喊，这是仙境啊。看不清路牌，跟着导航的指引到了目的地——开平碉楼。

按下车窗，眼前是普通而熟悉的风景，陈旧的房子，淳朴的气息，就像在老家门前，让人一下子就没有了期待。两辆车的人都害怕了这场雨的阵势，都认为不值得为这普通的风景下车上而淋湿身体。只有我，心甘情愿下车。我的家人为迎合我的兴致，也跟随我下了车，最终因为他们对眼前的风景不感兴趣而选择撑着伞在一个门楼里避雨，望着我远去的背影，静静地等待我的回归。

总是这样，认定了目标就固执前行。总是喜欢随感觉走，随意念走，不怕后果，宁愿孤独。走，只为走。只为走时体会那份欢欣或疼痛。沿着一条笔直的路，伞下，我的脚步向前迈进……

雨很凉，我缩着的身子有点发抖。双手紧抱相机，此时发觉，唯有相机懂我。路的两旁种满了竹，竹的前面是紫色夹白的花。细尖的竹叶像伸长的手试图为花挡雨，无奈挡不住雨的猛烈。但此时我觉得花的心是温暖的，因为它拥有竹为它挡雨的心意。花的眼神被雨模糊了，看不清我相机的镜头，我也看不清花的样子。

布鞋全湿了，脚步有点沉，依旧往前走。往未知的境地走。

在一个转弯处，突然看见一只牛。没有期待的我，有了惊喜。目光被牵引，盯着牛，不离开。

一片不大的草地，铺满青青嫩嫩的草，牛正在来回地摇摆着尾巴，悠闲地吃着草，不理雨有多暴。十来堆牛粪不规则地压着草地，在这和谐的画面里生出一些别扭来。我在心里责怪牛随处大便。

踏着草地，跨过一堆堆牛粪。我离牛就只有两米距离。向右边望去，看见一间小木屋，可能是牛的家。

蹲下，旁边是一堆牛粪，奇怪的是竟然没有臭味，突然就喜欢上了这只拉出无味粪便的牛，感觉一股暖流自鼻孔传至全身。没有行人，只有我和牛，还有这片宁静的草地。我单手拿着相机，转着给牛拍照。在没有确定牛也喜欢我之前，是不敢靠近的，毕竟它头上生着两只威严的角。因此一直保持着两米的距离。

我对牛说，帅牛呀，摆个特别的姿势让我看看吧！

牛不理我，继续低头咬地上的草，那副高傲的表情跟它脖子上竖起的胡子一样。我伸开手指，让指尖生出一条隐形的长鞭，狠狠地在牛屁股上抽打了几下，牛依然固我。

突然听见牛发出嗯嗯呢呢的声音，我侧着耳朵听。

似乎听见牛说，别叫我，你安静地站着吧，我在一边吃一边看风景呢。你也望望风景吧，眼前的风景，我在这里望了好久了，从来不觉得厌倦。

牛又低头不语，认真地吃草。

我以为牛是在这儿等着遇见我的，原来不是，我来不来，与它无关。它只是我偶然路过的风景，我不懂牛语，注定不能与牛玩在一起。我似乎看见远处站在门楼下等我的亲人，正伸长脖子望着有我的方向，我不能在路上逗留太久。

迈开步，转了弯。一座座碉楼出现在眼前。

没有细看那墙上、窗上、门上雕刻的精美图案，没有留恋碉楼内繁茂的植物。湿重的布鞋沉不住我的脚步，稍微弱下来的雨温柔地包围着我。我知道，任何风景都是过眼云烟。前面有一群老老少少正等着我回去……

－ 走进一群牛 －

　　秋天的早晨，云很薄，似乎一个眼神就能把云望穿，碎成朵朵棉花，落下来。而我，也像天上落下来的一朵云，脚步轻轻，思想轻轻。

　　我和姐姐一起向着小山的方向走去，心有期待，但说不出期待什么。我们并肩走，我停下，她就停下；我拍那朵花，她就拍那朵花；我笑，她就笑。像两只默契的蝴蝶，又像两只孪生的蜗牛。我比她小几岁，任性一点，姐姐总是迁就我的脚步和兴致，因此一路和谐。

　　早知道山里有片草地。不知不觉就到了那片草地，惊喜地看见一群牛。看见牛，突然想起在开平碉楼遇见的那头不理我的牛，想起那头脖子上长着高傲胡子的牛。

　　草地软绵绵的，毫不保留地敞开胸怀，完全由着你的性子，跟姐姐一样的性情。间或冒出几朵野花，长相朴素得像草一样，我也很想把自己埋在草丛里，长成一朵野花，从此与草不分你我。我这样想的时候，听见姐姐在叫，快来看，这里有两头牛正在亲热呢。睁开眼，顺着姐姐指的方向望去，果然看见一头黑牛和一头棕牛正紧贴着彼此，黑牛低头，棕牛抬头，亲得正投入。任绿草满地，任牛来牛往，任天变地变，此时只想亲亲。亲吧，继续亲。没有牛会说三道四，没有牛会看你们不顺眼。

一转身，看见一头牛正一边吃草一边撒尿，我禁不住笑了。牛的世界真是自由潇洒，都说在厕所里不能吃东西！可别的牛不管。此时，在这样的环境下，在牛的国度里，我们要站在牛的角度看问题，才会理解牛。

参加名人Party的都叫名人，在同一块田收割的都叫农民，蹲在地上求人的都叫乞丐。人有身份之分，但不同身份的人也可以和谐相处。当我放下身段，放下照相机，融入一群牛中，和牛站在同一块草地上，把自己看作一头牛。一头穿着花衣服的牛跟那么多的棕毛牛一起，同享牛国的文化。同是牛，就有共同语言。同是牛，就不会看不顺眼牛的行为。

回过神来，一头牛就在我身边。这是一头很有骨感的牛，跟时装模特一样，一身棕色的毛像极了我的头发。它正夹紧尾巴悠闲地吃草，心想这真是一头好牛！懂得夹紧尾巴，不招不摇，要嫁就嫁这样有修养的牛。我禁不住用手抚摸它的毛，像摸自己的头发一样温柔，牛抬起头，目光变得柔软，但仅仅只是望着。其实它已感动，不然目光怎会变柔软？

放眼望去，大多的牛都在阳光下吃草。忽见一个角落里，有一头牛正躺在草地上。走近一看，牛闭着眼睛，安然瞌睡，发出均衡的呼吸声。

如此一头懒牛，懒到连就餐时间也要睡觉。好吧，就餐时间睡觉不犯法，也不得罪人，我这个懒人此时也不想吃东西，就陪你瞌睡一会。我蹲下身体，跟牛一般高，双手撑着下巴，闭上眼睛，进入无思状态。这一睡，竟把所有烦恼都睡走了。

我终于明白开平碉楼那头牛为什么不理我了，原来是我没有把自己当牛看。

蓝天白云下，我像一头穿着花衣裳的牛，夹紧尾巴，悠悠然穿行在众多棕牛间，呼吸着草的清香……

- 人生的本末 -

清晨，露水未干，雾未散，鸟鸣阵阵。我坐在十三楼的阳台上，随着摇椅晃动，望望天空，望望盆栽，望望自己。忽然看见墙角的杂物堆里冒出几片绿叶，我好奇地搬开杂物，看见一条被遗忘的红薯躺在地板上，这些绿叶正是它长出来的。望着这几片红薯叶，有一种久违的感觉，让我想起小时候种红薯的情景。

那时，常常踩在泥里插秧，坐在泥里听故事，躺在泥上睡觉。我活得像一根稻草，像一只螳螂，像一只柑橘。而我的皮肤很白，远看像一朵白云，近看像一只萝卜。说来说去，我还是最像一条红薯，因为我跟红薯熟络得如亲人，并很喜欢吃红薯。不否认，我的灵魂充满红薯的气息。

乡村里，几乎家家种红薯，母亲也种红薯。总有那么几分地，从春天到夏天，种着红薯。

春天，母亲挑一个和暖的早晨栽植红薯苗，一条条红薯苗，一半栽进泥土里，一半露天，向土生根，向天发芽。红薯苗努力地吸收泥土的营养，十天左右就形成根系，发出新叶。主蔓不断蔓延、分枝，叶子不断增多，根系生出多条小薯。新老叶交替更新，小薯越来越大。红薯整个生长过程都是深藏不露面，但人们几乎可以用叶的长势来判断红薯的长势，叶有多么茂盛，红薯就有多么蓬勃。当叶子覆盖着整块地时，很好看。那些藤蔓，弯弯曲曲，带着叶子，随心而长，绿油油的一片，使人对泥土下的红薯充满希望。

泥土下的红薯，像极了乡村的土孩子，朴素，纯真，不问世事，不争繁华，一脑门儿疯长，表现出强大的生命力。乡下人喜欢用"薯头薯脑"来形容不谙世事的孩子。"薯"是一个极为亲切的字眼，我是巴不得别人称我为"薯头"的。乡村淳朴，泥土淳朴，我们天生就是纯朴的。我和红薯都深深地接近了泥土，懂得生存的根本。

夏天来时，茎叶开始衰退，薯块变得肥大。我跟着母亲挖红薯，母亲以茎蔓的位置判断红薯的位置，用锄头轻轻掘开泥土，生怕一不小心伤了红薯，当看见一点红薯的眉目，母亲就用手大力一拔，几条红薯脱土而出。我蹲在泥地上，用小手拨开红薯身上的泥，装在箩筐里，然后搬到河沟边，洗干净。初出土的红薯好看极了，皮色粉粉的，身上带着泥土的味道，像初生婴儿身上带着奶味儿般诱人。洗红薯的时候，嘴馋得很，看哪条薯长得最漂亮，就往嘴里送，生鲜红薯清甜爽口，让人回味无穷。

家里的红薯，猪儿吃得最多。母亲把猪儿当孩子养，有空就煲一大锅红薯，红薯煲熟后，随手抓几条丢给我和弟弟妹妹，剩下的全部倒进猪槽里。那一刻，我总是在心里嘀咕，认为母亲偏心于猪儿。猪儿吃红薯的样子十分享受，边吃边摆尾巴，发出吧嗒吧嗒的声音，比吃谷糠时的声音响亮多了，红薯肯定比谷糠细腻多了、精致多了。

那时，常在火堆里烤红薯。傍晚时分，村民收起晒谷场上的谷，将那些稻谷壳和脱了谷的穗儿堆成一堆，点燃。孩子们见烟起，纷纷从家中捧出红薯，丢进火堆里。一群孩子，围着火堆，等待自己的红薯烤熟，时不时用竹条撩开火堆，看看红薯熟了没有，见红薯皮烤焦了，就马上挑出来，在地上凉一会儿，然后剥开皮，狼吞虎咽地吃起来。晒谷场上蒸发着热气，风儿吹着烟雾，大地倾听着孩子们的欢声笑语。村庄渐渐安静下来，夜色和谐，火灭了，满地的红薯皮睡了，鸟儿睡了，草木睡了，红薯的香气飘进孩子们的梦乡……

红薯天生淡甜，配上蔗糖煲出的红薯糖水，便甜得淋漓尽致。将红薯切成一粒粒，放入水中，加入几片姜，煲至红薯松软出粉，再加入蔗糖，煲至蔗糖融化。红薯的香气与蔗糖的甜味及姜的微辣融合在一起，成为极品。据说，这样的极品可以生津、止渴、补中、和气、暖胃。

那时家里长年有红薯干，每年夏天，母亲趁着阳光充足，把部分红薯蒸熟，切成一片片，铺在簸箕上，放在阳台上晒。红薯吸收了阳光之后，身上散发出一种浅香，闻之醉，食之甘。我最爱红薯晒至半干的状态，软硬适中，咬起来不费劲。

后来，母亲说红薯贱，卖不起价钱，从此不种红薯，想吃时就去市场买几斤回来。人真是缺啥想啥，家里没有红薯时，越发想吃红薯。幸好，邻巷的明月家一直种红薯，无论何时去她家，都能看见她家木床底下有一堆红薯，我总是不客气，想吃时就叫明月给我一条。我和明月打纸牌时，嘴里吃着红薯；我和明月坐在天井做作业时，嘴里吃着红薯；我和明月捉迷藏时，嘴里吃着红薯。红薯，成了我和明月之间最深的记忆、最浓的情。如果说红薯是贱物，那我的嘴也足够贱的了。

离开乡村，走进城市读书。我吃红薯少了，也几乎不与人提起红薯。

当我从一个农民变成一个商人时，才真正地体会到两种生活本质上的不同。

我发现，做农民比做商人快乐。农民的人际关系是简单的，种植任何一种食物都无须讨好人。农民在与自然打交道的时光中懂得：日月运行，四时相继，风雨平常，春播，秋收，冬藏等规律。农民懂得一场雨的含义和一只青蛙在诉说什么。人们赞美自然，热爱自然，包容自然，感恩自然，在自然中建立信仰，创造幸福。而商人的生活是复杂的，每天都要跟不同的人谈生意之道。大多数人做生意，以同样的产品获得最高的利润为最高目标，每天想尽办法把产品卖出去，喊着各种夸张的口号，见人说人话，见鬼说鬼话。我承认我是一个清醒而痛苦的商人，我没有那么多的诡计，所以我挣钱很慢，也很少。

在中国古代哲学家的社会、经济思想中，有"本""末"之别。"本"指农业，"末"指商业。区别本末的理由是，农业关系到生产，而商业只关系到交换。在能有交换之前，必须要有生产。所以贯穿在中国历史中，社会、经济的理论、政策都是企图"重本轻末"。古代很多哲学、文学、艺术都来源农业。农民质朴、老实、天真；而商人狡猾、诡计多。所以在生活方式上，自古认为农民比商人高尚。

在现代化社会，农民地位低下，商人反而威风凛凛。长期以来，人类不疼惜人类，生产商破坏食物的本质，直到癌症威胁着整个社会，红薯善良质朴的本质终于被重视，提上防癌食品列内。我们要相信，农业永远是国家的本，只有做好根本的事，才能保住生命。

如果从商是我的不归路，但愿我体内的红薯气息历久不散，在风云骤变的商海中，不失为人之本。

人生的本，从红薯说起，每一次播种，每一次收获，每一滴雨露，每一缕阳光……都是根本的内容，没有末路。

他，是我的爱人，也是我的大学同学。那时，我们还没有正式谈恋爱，他约我去华南理工大学看表演，看到兴高采烈时，他忽然叫了我一声："蕃薯"，并把手搭在我的肩膀上。我随口应他："笨猪。"我们相视，哈哈大笑。那一刻，有一种幸福，像猪儿吃红薯。这种幸福感迅速将我们的心拉近，迅速成为默契的情人。从此，他天天叫我"蕃薯"，我天天叫他"笨猪"。

我对他称我为蕃薯感到好奇。后来，我问他："我哪里像蕃薯？"他望了我半天，说："你纯真、清新，直率，像一条沾着泥气的薯，让我感到很亲切。"我想，亲切感是爱情的致命感，不亲不近，就甭谈爱情了吧。

在城市生活久了，我身上的薯气似乎消失了。我模仿城市人住高楼、开轿车、穿名牌、涂口红……像是一条红薯脱胎换骨，成为一朵高贵的牡丹花，他不再叫我"蕃薯"。我们把心思都用在挣钱上，几乎忘了我们之间那种像红薯一样纯朴的爱情，这使我常常有一种莫名的失落感。

一个冬天的晚上，我出门买电池。热闹了一天的街市，在寒风中冷静下来，街灯显得孤独而凄清，有气无力地闪着慵懒的光。灯下，树木暗绿，行人稀少。忽见电线杆旁，有一对夫妇正在烤红薯。走近一看，只见那个女人戴着棉帽子，穿着宽松大衣，肚子隆起，大概怀孕八个月了。她坐在一张木凳上，目光柔和地望着爱人烤红薯。男人一边用沾满黑炭的手翻动红薯，一边哼着自编的歌曲，炭火融融，红薯飘香。我买了一条烤熟的红薯，贴近它。那一夜，我飞越百里之遥，返回纯朴的童年；那一夜，我从卑微的身份中找到更高贵的生命；那一夜，我的爱情，貌美如初。

我希望，爱情之本永不落幕，愿我永远是爱人心中的"蕃薯"。

傍晚，我在菜市场上看见红薯，买了几条，切成一粒粒，煲了一锅红薯糖水。

他坐在我身边，一边吃红薯糖水一边说："蕃薯，我们这个国庆节回老家吗？"

"笨猪，如果你喜欢吃红薯，我们就回老家种去。"

－ 一粒沙 －

　　黄昏的大海是性感的，披上霞光，依然掩不住广阔胸襟，远处的山和脚下的沙滩有点迷离。海水起起伏伏，沙滩凹凹凸凸，海风阵阵，情意缕缕，走近海，总能乐在自然的真趣中，总能读懂一些故事。

　　拖着白纱裙，沿着海边，一深一浅地踩着沙滩漫步，似在画一幅漫画。风中，发丝飘扬，裙脚飘扬，思绪飘扬。走过一段路，回头看，只见一行弯弯曲曲的脚印，清晰地记录着我走过的痕迹。忽然觉得，我与沙滩浑然一体，我成了沙滩上一粒沙。

　　沉思之际，有两个孩子跑来，在我的脚印上随意地印上他们的脚印，经过的人越来越多，脚印越来越多，一个覆盖一个。我的来路，就这样明明白白，又混混乱乱地成为别人的来路。路上的心事，我知道，沙知道，别人不知道。我不语，沙不语，无形无色的心事随风飘扬。

　　海浪声中，我记得白天的烦忧，记得生活的无奈，但在这里，不愿提及。

　　停下脚步，坐在沙滩上，更像一粒沙。看人来人往，看浪起浪伏，听见风声，小如蚊叫，大如浪吼。这尘世的风声，都由风以外的事物来演绎。风的大小，自有万物感应，表态。那么，人好不好，是不是看与她相处的人就知道呢。风轻轻地吻着我的皮肤，掀起我的刘海，像奶奶小时候给我摇扇子，舒服极了。

　　我懂了，好风自有好回应。

　　一个男人，躺在沙滩上，安静地望着夜空，这宽阔的沙床，定是给了他无限的享受。忽然为沙感到幸福，因为它给了这个男人享受，这就是它存在的最大价值。这沙滩上无数的沙，和我这个像沙一样坐在海边的女人，没有被命运砌在华丽的墙上，却可以在尘世修炼一个最好的自己，奉献给社会和别人。

　　捧起沙，感受它的细腻；揉搓它，然后任它从指缝里一点点漏去。它的柔，它的顺，像云。抬头望着无云的黑色天空，原来这满地的云哟，是从天上落下来的。此刻，我找不到比这更贴切的比喻了。一个在尘世被命运捉弄过、被世俗踩踏过的女人，看每一粒痛过的沙，看每一个痛过的伤痕，都该用这风轻云淡的心态。

　　有个长得特别矮小的女人，从小被同学取笑，被社会嫌弃。这一生，无法成为骄傲的高个子，无法得到公平的待遇，她像一粒卑微的沙子，无数次被人踩踏。可是，在她三十岁时，遇见一个视她如宝贝的男人。培根说，顺境中的好运，为人们所希冀；逆境中的好运，则为人们所惊奇。她的爱情，在很多人眼里是一个奇迹。不久前，在电梯里遇见她，她站在我旁边，抬起头跟我说话，声音柔和，笑容可掬，她真的不在乎那些歧视了，我分明感觉到她如风般轻松，如云般柔软。岁月赠予她安宁和爱，便是她的福报。

天黑下来，灯亮了。灯光下，沙滩上有明点，有暗点。被小孩堆起的沙峰，像穿上华丽衣裳，闪亮登场。被人们踩凹的地方是暗点，它们有底气的吧，有底气的东西无须借光张扬，如内敛、隐忍、沉静、淡泊的女子。

第一次被人踩时，除了疼痛，就是害怕，可是不管你怎样埋怨，踩你的人不会消失。日子一天天过去，不知何时开始，你习惯了别人在你身上跳跃、踩踏；学会了挺着身、抬起头望着人们踩你时的表情。那些哭着的人踩你，踩着踩着，就喜上眉梢。那些笑的人着踩你，踩着踩着，竟愁眉苦脸。被踩一场，无常的人使你认识平常的人生。

迎着每一个日出日落，你静静地等候人们的脚步。在别人踩上你的一刻，你心底有了感恩，感谢那些踩你的人，感谢那些留给你笑声或是哭声的人。

在凹处，你收藏了人间的笑声和眼泪，每天当人们都退去时，你便望着海上懒洋洋的灯光，回味一个个被踩的情节，欣赏身上留下的一个个圆的、方的、花的脚印，欣赏调皮的孩子用棍子画的大大的圈、用铲子挖的深深的洞，欣赏情人们手拉手在你身上刻下的爱的宣言。

与你日夜相伴的是一条大海，你身上的凹凸总是在海涛拍打后消失去，呈现你平滑迷人的样子，咸咸的海水每次吻向你时，都让你舒畅。

你喜欢聆听海的浪声，喜欢触摸海水清凉的身体。你总是在海水亲吻你时欢快地迎合，绵长不绝的吻让你痴迷，那是爱的感觉，你爱上大海，能与大海一起，便心满意足，你要用整个生命来珍惜这条大海。这样的爱，一次次抚平你被踩的印痕。

一条鱼在海里自由地游动、吐气、摆尾，大海是它的爱人。海边的沙，海边的我，同样深爱着大海。

我坐在沙滩上，像一朵云混在一大片云里，内心辽阔、柔软。轻咬一串浪漫的词，倾听沙粒厮磨的声音，岛屿沉沉睡去，我似乎看见一个嫣红的灵魂抱着真爱打马而来，奔跑在比海更宽的路上。

第七卷 · 行走卷

－ 上海，那一湖光 －

上海的夜，主角是光。

从外滩走到南京路，我一直被来自四面八方的光照着。它们来自房灯、路灯、车灯……

一样的光，遇见不同的物体就会表现不同的形态。透过窗户，我看见每间屋里的光安祥而温馨。马路上的灯光多姿多彩，不羁地射向高楼、天桥和满路的人和车，光影显得魂魄不定、散散荡荡。

我是一个流浪者，一步一个脚印，也一步一个遗忘。不为某一束光停留，照过我的，都被我匆匆忘记。我想我辜负了太多光的热情，但对那些车灯的光，我是没有歉意的，因为它们也是流浪者，不在乎天长地久。

一路上，我在替光惋惜。似乎也想寻找一束适合我的光。

美得触动人心的东西，总在不经意间看见。行至外白渡桥的时候，我的脚步突然停止了，因为我看见一湖美到极致的光。我站在桥上，细细欣赏它。

它其实是一湖水，上面铺满了光。

那些圆圆的灯光通过距离的折射，投映在湖水里，身子被牵得修长，色彩朦胧。恰如一位穿着五彩纱裙的少女，舞蹈曼妙的身姿，时而翩翩起舞，时而醉卧水波。黑夜的湖水是光最美丽的背景，它用沉稳的黑色沉淀白天的透明，用内敛支撑光的明艳，用宽大的胸襟包容光的顽皮。

风一来，湖水就摆动尾巴，像鱼一样在水上划线划圈，诗意随波光一粼粼一圈圈展开……夜色里的湖水和曼妙的光影，像极了一对默契的恋人，相互映衬，心照不宣。

当灯光遇到湖水，生命更加精彩；当湖水遇到灯光，生命更有价值。我遇见你，你把我的光彩映照更辉煌，我发掘出你内心深处的美。最适合的彼此，也许是磨合后的懂得，也许是包容里的和谐，都必然是双方的升华。

我的身体悄悄地向暗处移动，我怕光在我身上失去魅力。

离开这一湖光，我并不急着寻觅属于自己生命中最美的光。此时，我更想将自己修炼成一湖水，假如我是一湖水，那么随便一站，就会遇上适合我的光。

上海，那一湖光与一湖水密切关联着。这夜，我听见了它们的对话：

如果你是一束光，就寻找一湖水。

如果你是一湖水，就寻找一束光。

－ 画中有败笔 －

停下赶路，站在洱海面前。它就是一幅让我喜欢的画！

海，大多深得不见底、宽得茫然、空得寂寥。而洱海，清而浅，不太空，一眼望去，有丰富的生命突出水面。看它，闲中有意，静中有澜，近处有树，远处有山，每一笔似乎都是一个铺垫，可引申出无限情节，其中的留白给人思维飞翔的空间。

洱海是主人，我是客人，相见无言，是那种相懂无须喧闹的意境。一抬头，看见树枝上的鸟巢、干净的天空；一低头，看见水草在清澈的水里摇摆；一回头，看见路人坐在岸边发呆傻笑，目光所到之处，皆是让心灵安放的地方，这就是眼缘吧。就像遇见一个人，彼此有一种相近的气息在来回流转，不说一字，尽得默契，坐在一起，只用目光交流，不寒暄不相劝，心意已明。

在一种倾心的状态下，我坐着渔船，划进它的怀里，恍恍惚惚，我已是一片海。如果你来，我也会把你妥帖地抱在怀里，我可以像海一样用清澈滋养你。风，是它温柔的手指，轻轻慢慢地梳着我的发丝，风声就是它的耳语，我的耳朵和心被吹得软绵绵，此刻极想沉睡下去。

渔船划啊划，近景变成远景，远景变成近景。一只远看只是小不点的渔船越来越大……

两个划船的渔夫，一个坐在船头，一个坐在船尾。船两边站着一群黑色鸬鹚。

我了解野生的鸬鹚，自由，独立，敏锐，强悍，是我心中的勇士。有时飞在空中，颈和脚伸直，随时准备着战斗，忽地低飞，靠近水面，伸长脖子，脑袋扎在水里追踪猎物，突然用嘴叼起一条鱼。有时栖在石头或树桩上，久立不动，养精蓄锐。有时在岩崖上或树上营造爱巢。而这一群站在渔船边的鸬鹚，整齐、规范、收敛、听命行事，它们是一群演员，也是一群棋子！渔夫挥一挥手，它们就展翅起舞；渔夫指一指水面，它们就跳进水里捕鱼；渔夫指一指竹竿，它们就飞上竹竿，拍打翅膀。在它们唯美的动作下，始终被一条脚绳系着，无法远离渔船，无法翱翔天空，无法在自己喜欢的地方发呆。

驯养过的鸬鹚，是我内心拒绝的一道风景。我曾在动物园里看过无数驯养过的动物，它们学会了表演，老虎打球、猪赛跑、狗熊拉车、猴子跳绳、鸟儿滑轮……这些动物在表演中实现了自身价值，获得人类给予的温饱。同时，它们规避了饿死或被其它动物打死的危险，为了生活而成为演员。只是，我无法赞美失去自由和天真的动物。拒绝鸬鹚，如同拒绝自己被一种生存方式约束在黑暗的地窖。我要做的，是解脱，是死也要逃生。我别过眼神，要寻觅真实的自然。

　　想起一只猫。去年，我的店里来了几只老鼠，朋友说认识养猫的人，便请那人借猫给我捉老鼠。猫来了，干干净净，声音甜腻，眼珠浅蓝，漂亮得很，让人不敢薄待。猫一点也不怕生，见人就熟。我一坐下，它就走到我身边，摆尾巴、眨眼、叫得像唱歌一样，真会讨人欢心。可是，当一只老鼠从它面前走过时，它却视若无睹。或许，它根本不知道这是老鼠，甚至不知道自己有捉老鼠的能力，我忽然发觉这只猫一点也不可爱了。

　　洱海很大，我们的船继续向前，慢慢地远离了鸬鹚，我看见笔直的竹竿，它的灵魂正在水里舞蹈，舞出水波的模样，也是自由的模样，跟自然生长的水草一样，无拘无束。抬头望天空，所有的云也在自由地游动。

－ 珠海风情 －

一、临海而居

夏天，我去过珠海，走近过珠海的海。

三叔家在海边。窗外就是海，任我描，都是一片简约的海，清阔、接天、浅蓝。坐在沙发上看电视，海在右边送风来；坐在饭桌旁吃饭，海在左边送风来；躺在床上睡觉，海在梦中送风来。三叔家，朝见海，暮见海，日日海如故，日日海新鲜。

三叔曾任珠海市邮电局局长，功成身退后，选择退向一片海。从此，逍遥自在，不涉事业，他老来的面相越来越柔和，越来越可爱。望他，就像望一幅海，有豁达自然之态。我想，三叔的美，是海的赐予。

清晨，微光斜入东窗，映进书房。拉开窗帘，眼界忽而大阔，推开窗，清爽的风徐徐而来，感觉皮肤很滋润。这里的夏天，一点也不觉得闷热。窗前小坐，一杯茶在手中，一片海在眼前，夏阳初升，水天晕黄，渔舟满载，渔民悠然，海浪拍岸，远山朦胧，仿佛山河赐美画。坐着坐着，竟忘了言语，忘了自己。

二、珠海渔女

晚饭后，与几个亲人一起散步。

突然听见有吉他琴声，隐隐约约，从前方传来。那琴声，随着我们的前进由远及近，向前望，传来幽幽的光。直到清晰地听见琴声，眼前豁然明亮，一阵惊喜在我的眼神里起伏，一种浪漫把我包围。

这里，真是一个神奇的地方。

我看见，一片光里，有一处最亮的地方。有一个渔女，悠然立于浅水中央，伸着懒腰，发着金黄的光，仿佛一条凌空的金鱼，要在人间烟火里体味悠闲，她就是珠海渔女像。

远处，黛色的山峰静默沉稳，楼房里射出一条条彩色的光带。水面上像披上了一层薄纱，如梦如幻地诉说着让人心动的情愫。入口处，一群人围着一个吉他手，陶醉在他的演弹中；围栏上，坐着很多安静的人；路上，走着一些散步的人。夜晚，就被这样的气氛渲染成一幅惬意清新的水彩画。

想用这背景写情诗，却一个词也想不起来。或许，最唯美的情诗，也无法抵达这份生活的逍遥和轻松。

这是一座能自我修复情绪的城市！我确信。

　　白天的忙碌和烦琐是生活的必然，整个城市充斥着喧嚣。夜晚，你是否可以把自己从忙碌中抽离，给自己一段悠闲的时光，把身心融入简单自然的气息中，那是一个人的自我调整能力。而这样的一座城市，它有这样的自我调整能力，你生活在那里，只要闲下心来，就能找到与城市的默契。

　　在围栏上坐着，放下几天来对孩子的担心，修复原本的乐观和淡定。我仿佛也变成了一个渔女，摆着唯美的姿态，朝着每一寸幸福的时光欢愉地呼吸，消融着尘世种种情绪，脸上坦露出快乐的表情，独自逍遥，独自沉醉。

三、原始滩

　　在珠海，随意拐进一条路，随意一转身，就有可能遇见一片海。

　　这天，我们去看望90岁的叔公。回来的路上，遇见一片海，海边是一个小沙滩，还有很多礁石。有人在海里游泳，有人在礁石上捉螃蜞。

　　天气挺好，虽热了点，只要不下雨，就可以放心行走。于是十几个人下了车，当然，我下得最急，前进得最快。走到海跟前，如此空旷辽远，无云的天空，纯白如洗。我一下子返回孩子般的思维，无邪地对着海和天傻笑。儿子看见很多螃蜞在礁石缝里时进时出。他兴奋地跑过去，我便追着他的背影跑。

　　脱了鞋，涉足沙滩，我们的脚底一下子就痛了。沙太粗了。我们步履艰难，慢慢走，生怕一不小心就受伤。走近那些裸露的礁石，发现石身上埋着很多贝壳，露出的贝壳像小妖的牙，随时都有可能咬伤人。为了捉螃蜞，我们还是勇敢地走上前。

都说干明知会受伤的事，就一定会受伤。走不到十步，我的脚趾就被刺出了血。站在一块稍为平滑的石上，不敢动了。此时见老公从车里拿来一双拖鞋给儿子。我就蹲在原地，看他们活动罢了。

无聊时，我问礁石，你为何那么粗糙，那么不懂体贴人，把我咬得那么痛？

礁石说，不是我想咬你，是你自己把脚伸进我的嘴里，你为何要自取其伤呢？

我说，因为我很喜欢，想亲近你。

礁石说，现在你受伤了，还喜欢我吗？

我说，既然你不是有意伤我的，我又怎能怪你呢，当然是依然喜欢了。

礁石说，喜欢我就把我带走吧，我愿意被你打磨，成为不伤你的平滑体。

我说，不，你不属于我，海水最适合你，只有水才有足够的柔韧可以在你身上任意亲近、任意流转，不会受伤。我不想改变你的天然形态，方且圆滑的你未必可爱。

雷声忽然响起，阳光戛然隐没，雨飘下来了，越来越大……我和礁石的对话也戛然而止。海浪开始啸叫，捉螃蜞的人们像惊慌的蚂蚁，乱步上岸。

一场阳光一场雨，一次探索一次伤。

从此，我知道珠海的礁石带有原始的天真和锋芒，我为此受过伤，却一点也不恨那些礁石。

四、情侣路

在雨中，我们的车慢行着。

窗外的世界朦胧着。叔叔说，这条是情侣路。如此浪漫的名字怎能不吸引骨子里浪漫的我？

一个名字唤醒了半睡半醒的我，坐在车内，透过窗户的水珠，望这条情侣路。把眼睛擦了又擦，依然模糊，视线也只能那么窄。恨不得马上破窗而出，在雨中踩那一块块青石板。

路是围着海的路，以海为中心，路与海，就像不离不弃的情侣。走这样的路，让人感觉爱情如海，广阔坦荡，恒久不变，容得下所有浪漫情节和风雨雷电。

路很平坦，没有大的弯曲。不用担心什么时候被障碍物绊倒，也不用担心在某个转弯处丢了爱人，你只管用你喜欢的速度走。

路是一个圆，从起点可走回起点，再走回起点。没有终点的路，任意一点都可以成为起点的路，即使在某点停留，即使因生气回头走了一段，也还在这条路上，随时随地都可以重新出发。那些情人们可以任意走，没完没了地走，于是便有了不离开不分手的借口。这样的路境，正是情侣们最美的情境，自以为这是情侣路最好的解释。

不管此刻身体多么渴望去靠近、去体验这条路，但没有奋不顾身地为一己之意而走，只在车上任思绪随它走了几圈。因此情侣路成了我的遗憾，成了我的伏笔。

我知道，我一定还会来这个城市，但是不知道会不会真正地走一次这条路。下次来，是否天气好，是否身边没有那么多扰乱浪漫的人？

我打心里爱上了这条路。心想："我是风多好，能时刻将你环绕。"

第八卷 · 怀旧卷

－ 生命中曾有一条船 －

　　我家有一条木船。它就像生命中一个熟悉而重要的人，别的船无法替代。

　　一条船有多么重要，不在于它有多漂亮，多独特。而在于，它和你一起经历了很多真实的故事，而这些故事被岁月洗礼后，比当初更美，忽然想起时，心中充满了感激。

　　家门前二十米处，是一条小河，常有几十只船整齐地泊在河边，随着水的流动，船儿悠悠地晃动，来一阵大点儿的风，河面就热闹起来，船儿互相碰撞，碰出清脆的水浪声和船身上低沉的吼声，岸上的树叶也沙沙作响，这简直是美妙的交响曲。

　　大多时候，我家的船空着，闲置着。它和别家的船一起，系在竹篙上，日复一日地躺在河面上，静感潮起潮落，静看人来人往。每天中午放学回家，我都要抱着一家人的衣服到河边洗，如果人多，河边的台阶不够供人坐，有些人便坐上船，坐在船头的边沿上洗衣服是一种享受。

女人一边搓衣服一边哼歌，肥皂泡落在船上，落在水上，花衣裳在水中摆动，水窝儿此起彼伏，这是一幅生动的画。

巴金先生曾坐船在鸟的天堂游过，在太阳落下山坡时，红霞灿烂，白茫茫的水面，没有波浪，船儿平静移动，桨摆动，水声悦耳，在大榕树下转悠，树叶茂密明亮，置身此景的巴金先生深感快乐，因而写了一篇诗意散文《鸟的天堂》。生活在鸟的天堂，我喜欢划着船儿在大榕树下转悠，听那鸟声和水声，看那翠绿的树叶和长长的根须，捕捉每只鸟儿在眼前飞过的身影，宁静而快乐地感受一方自然境地。在这些美好的时光里，一直有船儿的陪伴，它是我童年美好回忆中必不可少的一部分。

每次走近河边，我都会望一眼船儿，我知道，河在，它就在。临近收割时节，大家会特别关心船，因为那时我们需要它运载稻谷。船知道，总会等到一个晴朗天，有熟悉的人坐上来，然后带着它去熟悉的岸边。

没有下雨的时候，如果船上积满水，便是船漏水了。父亲会找个清闲时间补船。当河水退到最低水位，见到河底的泥和整个船身，父亲就叫来几个帮手，把船拖上岸。这是一项很艰难的工作，有人在船头拉绳，有人在船尾推，有人在船中间助力，几个男人喊着口号出力，船慢慢地沿着水泥船道上岸，在岸上的空地上用木板做成稳实的架，将船底翻过来，整条船架上木架上，用水冲净船身上的泥，让它在阳光下晒干。父亲认真地检查出船上的漏缝，然后将白灰、桐油、麻板和在一起，用铁凿子填进木板缝隙，如此，船便修好了。

收割那天，天刚亮，一家人自觉地醒来，穿上陈旧的花布衣，背上布袋，戴上草帽。父母抬着收割机，快而沉地走向河边，我不快不慢地跟着，落下一段路。到了河边，大步一跨，就上了咱家的船。我和母亲随意找个位置坐下，有时一起坐在船中间，有时她坐船头，我坐船尾。父亲用力一拔竹篙，竹篙就听话地向上伸。父亲把竹篙斜斜抬起，然后插进水底，弯腰用力一推，船就前进了。父亲重复着娴熟的动作，船缓缓前行，微微摇荡。

船儿像摇篮，父亲一下一下地摇，我眼睛一闭一合地睡。隐约听见妇女们在河边一边甩衣服一边吱吱喳喳地谈论着村里的事儿，我像一只失灵的收录器，收一部分，丢一部分，收到的，都成了美妙的鸟鸣，在我耳边轻轻唱。忽然听见那个卖糕的女人，扯高嗓门喊："芋头糕、红糖糕、滑糕、豆腐花……"妈妈站起身，对着堤岸喊："卖糕的，给我两斤滑糕。""好的，马上来。"船停下，不一会儿，一双胖胖的手捧着一袋滑糕，从堤岸边递过来，母亲扎着马步，稳在船头上，两只手指伸进裤子内袋里，夹出一些钱来交给女人，接过糕点。

过了河尾，进入海，视线突然宽了。我总是想不明白，面对一望无际的大海，父母是怎样把握方向的？我不知道海有多深有多宽，我只知道，入海后，父亲不能再用竹篙了，改用桨。船上有两支桨，父亲和母亲各执一支，一左一右，用相同的速度划着，那么大的海，他们可以不偏不离地驶至目的地。

　　在我脑海里，有一个画面，越来越清晰，越来越唯美。海风微凉，我们的衣服向着同一个方向扇动着，好像被船牵着的风筝，得意地飘，头上偶有几只晨归的夜游鸟飞过。一层薄薄的晨光，微红，洒在水面上，抹在我们的脸上。我在父母背后，一边吃滑糕一边看他们摆动的双臂和船两边泛起的浪花，看着看着就醉了。他们像是在玩一个默契的游戏，不用对看，不用猜测，你动我动，你停我停。是否每划一下桨，他们的心就互相呼应一下？如果这样能划出永恒的爱情，我也愿意。

　　到岸了，船被系在竹竿上。岸边是茂盛的芦苇，我知道芦苇丛里有鸟蛋，因为我看见水鸟细小的足印印在软泥上。但此时正事是收割，我不敢耽误上田的时间，只是眼睛不时地往芦苇丛里搜，搜到鸟蛋后，悄悄记住了位置。

　　收割的过程是累人的，但现在想来，那些过程似重却轻。最重要的是每次辛苦过后，都能看见一袋袋稻谷整齐地堆在船里，像一座厚实的小山，爬上去，躺着，特别舒服。此时，一家人心里填满了收获的喜悦，只有生活有了真实依靠，才是踏实的幸福吧。

　　午后，芦苇的影子俯伏在软泥上，海水泛着白花。我卷起裤脚，钻进芦苇丛，迅速拾起来时见到的鸟蛋，然后跑向准备启动的船，泥浆溅了我一身。上了船，来回数着鸟蛋。回头，看见零乱的脚印一深一浅地笑着，我也一深一浅地笑着……

　　一只船，一堆谷，一家人，从彼岸返回此岸，船沉了几分，幸福就多了几分。

　　人上岸了，谷上岸了，船又静静地躺在河面上。如今，它又突然浮在我的眼前……

－ 远去的珠声 －

小时候，我认识的文化人都懂珠算。算盘是那时常见的计算工具。

在我没有学会使用算盘时，十分仰慕那些在算盘上熟练地拨动珠子、整合数字的人。

算盘真是一个伟大的发明。四条边框、一条梁、十来根棍子、几十粒木珠就能统治亿位数。人的手指上下拨动算珠，数字就在其间被随时整合、随时删除，不留痕迹。英国学者李约瑟称"算盘是中国的第五大发明"。据说，宋代张择端的名画《清明上河图》上就画有一把算盘，放在赵太丞药店的柜台上。算盘文化历史悠久、博大精深，我只是略懂一二。

三姑是一个深得珠算精髓的商人。她是村里花生油厂的厂长，负责厂里进货出货、付款收款，当然离不开算盘。我喜欢站在三姑跟前，看她一手拿笔，一手拨动算珠。她目光专注、坐姿端正、神态自若的样子深深地刻进我的脑海里，成为我对女人的一种审美观。一大堆的数字，通过三姑灵巧的手指拨弄着算珠，算珠忽上忽下，噼里啪啦，成为一个得数，站在对应的位上，被三姑记在账簿上。我迷恋三姑拨动算珠的声音，就像迷恋父亲吹动水烟筒的声音，它们各有各的韵律，各有各的趣味。

农民也需要算盘。生产队里几百亩甘蔗，需要算盘来计算产量。队长是农民中的文化人，他总是神气地站在河边，把绿布袋里的算盘拿出来，放在大秤的顶梁上，村民把甘蔗放在秤上，队长拿笔记下重量，末了，将每户人家的甘蔗算出个总数来，一季的收成就这样被算盘敲定。收工时，队长把算盘往身上擦了擦，放回绿布袋里。

小时候进乡里的小百货商店，总是看见售货员用算盘计算。我站在柜台前，静静地望着她们，她们一边清点顾客购买的货物，一边在算盘上迅速地拨几下珠子，很快就报出总价。那些售货员都是我眼里了不起的文化人。橱柜里整齐地摆着各色新算盘，黑色的、棕色的、褐色的，大小不一。我侧着脑袋，目光透过玻璃，盯着一个喜欢的算盘，梦想成为它的主人，日日在它身上练功，练成珠算神功，统率百万大数。

忘了在小学哪一年级开始学珠算，只记得，当老师指着数学书上的算盘，吩咐同学们叫家长买一个算盘时，我高兴得跳起来。父亲给我买的算盘是棕色的，不大不小，木珠子圆滑。为了保护算盘，父亲用胶布将四个角贴紧。抱着算盘，我如获至宝。从此，我与算盘结下深深的情缘。

上第一堂珠算课时，我才知道，珠算不是儿戏，它是有口诀的，它是需要手法的。刚开始，只能慢慢地拨动珠子，一上一下，都要思前想后。计算一堆数字，要耐心、要专注，每一场计算，都是心眼手并用，那是一场灵魂的舞蹈，绝不是三脚猫功夫可以驾驭的。

渐渐地，我背熟了珠算口诀，手指也越来越灵敏。在课堂上，我总是很快把答案算出来，而且准确无误。算盘，激发了我的计算欲望。课间活动时，我不跳绳了，也不捉迷藏了，喜欢在算盘上练功。放学后，我坐在房间里，将热闹和喧嚣拒之门外，用手指拨动木珠子，调动千万个数字，在小小的算盘上行走，这样的行走很愉快，如同一条小鱼在大海里游弋，心境辽阔，神经活跃；仿若在高山上跳舞，惹动无数草木和云朵，跳着跳着，所有烦忧都埋进山峰里，跳着跳着，黄昏的彩霞就洒满了地板。

后来，不知哪个同学教会我玩算盘棋，在一段很长的时间里，算盘是我把玩空闲时光的工具。坐在门前的凤凰树下，跟一个好朋友玩玩算珠棋，是一件很幸福的事情。童年的阳光是暖的，时间是宽裕的，心境是简单的，我们有生生不息的闲情。我喜欢和小朋友一起玩有趣的游戏，大多游戏不用动脑筋，而算盘棋算是智力游戏，拿起算盘，就觉得自己是个有文化的人。记得有一天傍晚，我拿着算盘到小红姐家挑战。原来比我大两岁的小红姐是算盘棋高手，我屡战屡败，那晚失落得吃不下饭。于是，我下定决心，潜心钻研算盘棋术，我的脑子天生比较灵吧，经过一段时间的练习，我战胜了小红姐，也战胜了身边所有下算盘棋的小朋友。算盘，是我的剑，陪我走过那段斗志昂扬的岁月。后来，我到城里读高中，渐渐地冷落了算盘。不知从什么时候开始，我的算盘消失了。

生命从无数次兴起到无数次遗忘中走过，算盘，终是与我渐行渐远。想来，已有二十多年没有把玩算盘了。在我的书桌上，长期放着一个电子计算器，它取代了算盘在我生活中的位置。在我当会计的十年生涯中，电子计算器是我的好助手。这是一个科技发达的年代，这是一个讲求速度的时代，这是一个利益比情趣重要的年代。现实告诉我：我不能永远握着算盘，像蜗牛一样行走在时代的顶端。

十年前，儿子读幼儿园，要学算盘。我在文具店里买了一个黑色的小小的算盘。如今，在我的旧物箱里，一直保存着这个小小的算盘。

今天，我又整理旧物，它像一个好久不见的朋友出现在我眼前，满脸沧桑，与我互诉流水的光阴和烂漫的青春。我端正地坐在书桌旁，一只手撑着下巴，一只手抚摸久违的算珠，慢慢地拨动算珠，心有点迷茫，手指生硬，记不清口诀，像一个人行走在古道上，格格不入，一边阅读岁月的千山万水，一边感慨岁月无情。

算盘如同信纸，失去了实用价值。

每天使用电子计算器的人们，几乎忘了结果与过程的关系。有没有人想过，计算的过程也是生命的修行，它可以超越结果，形成情趣。一个人心平气和地、耐心地在算盘上计算，是一种生存姿态，是一场自我交量。计算是需要懂得数理的，结果固然重要，更重要的是文化的内涵。

趁着月明风清，像古人一样，泡一杯清茶，临窗而坐，拨动算珠，声声入耳，内心时而抑扬顿挫，时而翩翩起舞。此间，有一种文化在支撑着生命，演绎着生活的韵味。

秋光洒满书房，我坐在窗前怀念和算盘一起走过的日子……

－ 我家的拖拉机 －

公鸡叫了，草木醒了，河流醒了，凤凰树下的拖拉机醒了。

晨风轻轻地吹，河水缓缓地流，一个清瘦的男人，穿着白色背心，蹲在风中，扎稳马步，目光专注，将一条 7 字形的铁搅手插进拖拉机的发动机上，用力向着同一个方向搅动，发动机越来越热，忽然发出一串粗鸣，突突突……男人坐上拖拉机，双手紧握扶手，脚踩刹制，开着拖拉机前进，一群看热闹的小孩跑来，追着拖拉机跑，直到拖拉机消失在村口。

开拖拉机的男人是我的父亲，从我有记忆起，就记得我家有一辆拖拉机，父亲坐在拖拉机上的模样深深地刻在我的脑海里。三十年过去，我几乎忘了我家的拖拉机。今年返乡，坐在老家门前，听邻居说起旧事，他说："你的父亲一直很友善，见人就笑，他开着拖拉机在大巷里经过时很潇洒，俨然一位骑着白马的王子，让我无比羡慕。"

拖拉机是村里唯一的机动车，它是我家的，也是整个村的。

　　从拖拉机被父亲带进村起，它和父亲就成了村里的明星。这样一辆能载几吨货物的拖拉机，是村里的主要运输工具，谁家盖房要运砖头水泥的，谁家结婚要运嫁妆的，都得靠它。当它绕着村庄走时，河水、大树、小狗小猫、蚯蚓、蝴蝶都跟着活跃起来，它用它嘹亮的歌声劈开村庄的寂静，到过的地方，皆留下一缕长烟，村民总要抬头跟父亲说几句话，父亲的微笑留在他的背影里，留在那一缕缕长烟里。

　　黄昏时分，父亲一定把拖拉机带回家附近的凤凰树下。那是一棵又高又宽的树，春天发含羞草似的叶芽，夏天长大片大片的红花，秋天结刀形绿色果实，冬天干果一把把落光，这样的凤凰树是拖拉机宁静舒适的港湾，它静静地坐在树下，看炊烟四起，闻醉人饭香，此时村民纷纷归家，拖拉机白天的疲惫随着流水流出村庄。有些淘气的孩子会攀上车箱，在上面一边跳一边笑，凤凰树被笑声惹得花蕊乱颤，时不时落下几朵，把拖拉机点染得风生水起。刮风下雨时，拖拉机没篷遮身，它不反抗，干脆当穿越一场梦境，在那些绕河而歌的风雨里，挺起腰板，自己睡自己的。家里的父亲躺在红木椅上听故事，他也像一辆拖拉机，每天奔忙在生活的轨道上，累了就回家，在抑扬顿挫的故事中寻梦。

　　一辆拖拉机，随时会有创伤。有一次，父亲用拖拉机给村民运沙，迟迟不归，天黑了，母亲越想越担心，连饭也吃不下，跑出村口去找父亲，沿着父亲回家的必经之路走了几里，远远看见路边有手电筒射出的微光，走近一看，原来父亲正钻在车底下聚精会神地修理拖拉机，满头大汗，满身灰尘。那时候，机动车很少，也很少人会修车，父亲自从买了拖拉机，就开始研究每一个零件，成为拖拉机的保养师、维修师。每一次拖拉机坏了，父亲都能独自修理好。后来，修车成了父亲的老道功夫。

村民生病时，拖拉机是一根救命稻草。那些急需去城里治病的人，都来找父亲开车送去城镇，父亲有求必应，拖拉机功德无量。

记得那个浪漫的黄昏，落日挂在树梢上，微风轻拂，父亲开着拖拉机，带我们进城玩，那是难忘的幸福。乡村离城市十里路，路两旁种着整齐的白杨树，树以外是广阔的田园，马路像在园林里开辟出来的时光遂道，从古村到新城，是宁静与繁荣的距离。拖拉机载着我们穿越时光，走进繁华境地，那里有雪糕和西饼，那里有动物园和新书。母亲和我们姐弟三人坐在父亲后面的铁皮椅上，其实铁皮下是工具箱，装满修车的工具，还有一些零食和水。拖拉机，是一匹比马更大的马，轮子滚动，马达鸣叫，父亲神态自若，母亲歌声飘扬，我和弟妹叽叽喳喳，拖拉机载着我家的爱和梦，漫步在光影下，我似乎听见路上的草木拔节的声音，那是一种让人充满希望的声音，那时我以为走进城市就拥有辉煌人生。

进入城市，父亲把拖拉机停在一个角落里，一家人在热闹的街道上流连，吃冰激凌、看图书、购新衣、看动物表演。最后，我抱着《西游记》和《红楼梦》，坐在拖拉机上，返回乡村。

有一天，父亲把拖拉机的后车箱拆下来，只留下机头和大齿轮。从此，拖拉机不载货，只翻土。齿轮碾过的泥土都变松，泥土里的稻根被碾碎，大地的心跳随着齿轮的滚动而滚动，拖拉机呼吸着泥土的芬芳，听着泥土的心跳，与泥土成为知己，内涵日益丰富。而父亲，是拖拉机的灵魂，他掌握了泥土的深度和温度，他的坚韧和温润深深地印在泥土里，与泥土相依为命。

行走在时代的顶端上，我视飞机如牛毛，轿车如蚁蝼，唯独那一次，我在深圳一个菜市场里看见一辆拖拉机，它的美在车流中突围而出，紧紧地揽住我的视线。一个白发苍苍的老太太坐在拖拉机上，头戴草帽，身穿灰布衫，脚穿黑布鞋，满脸皱纹，但掩不住健康神色。那一刻，她是我眼里的英雄、太阳、神，带给我一种辽阔的美感。长大后，我买了轿车，发现没有任何一辆车能抢走我对拖拉机的爱，没有任何一辆车能像拖拉机那样，活出大仁、大义、朴素、勤奋、踏实、淡泊。

走在家乡的旧巷里，经过公鸡和母鸡拥抱的树桩、经过无名小花攀紧的泥墙、经过野草覆盖的小路、经过黄玉兰飘香的转角，忽见一辆旧拖拉机，像极了我家那辆拖拉机。

拖拉机立在一间老屋旁，有一丝寂寞、有一丝安然从它身上散发出来，青砖墙生出苔藓，拖拉机皮肤松驰，锈迹斑斑。远一点是一个菜园，南瓜花攀在墙角歌唱，油菜花上有生动的蜜蜂，微风吹过天空，云朵轻轻地飘，竹叶一片片缓缓落在拖拉机上，小狗在拖拉机脚下摇尾巴，小猫睡在竹叶上，母鸡带着小鸡走过。时光湮灭了拖拉机的青春，却又仁慈地赠予它如诗的风景、清澈的生机。或许，老去的拖拉机懂得年老的内涵。

　　望着拖拉机，我想象自己年老的样子，像老拖拉机一样，静坐屋前，看天空、看云、看小鸡追逐、看夕阳西下，回味走过的路，翻阅看过的风景……

- 八村 -

八村，是一个埋葬死人的地方。

我家在天马乡，自小知道天马乡有七个村，我家属于五村。小学五年级，我跟一个同学争吵，他一气之下说把我送去八村。我说根本没有八村。他大笑，说埋葬死人的地方就是八村。我哑然，惊讶，陷入沉思。回家问父亲，父亲说的确有人叫死人场为八村。从此，我也把死人场叫作八村。

如果人生是一本书，第一次直面亲人去世，知道人最后只剩下一堆骨头，这样的认知必然成为书中沉痛的一页。

我六岁那年，太公吃了一种没煮熟的鱼，中毒，口吐白沫，呕吐。我在外面跟小朋友玩完，一进家门，就看见太公的房门大开。太公正躺在床上，张着嘴，满嘴苍蝇，一动不动，地上一堆呕吐物，也粘着苍蝇。我喊他，太公，太公。他不应。我忽然意识到，太公死了。我紧张，出冷汗，脚软，急急跑去告诉东屋的奶奶。奶奶跑来叫了几声，太公依然不醒，请来村里的医生一看，说太公没有了呼吸，已经去世。接下来，亲人在家设灵台，大家在一种深沉的悲痛中流泪，守灵几天后，亲人们一边哭一边把太公送去八村。

那是我第一次去八村。

那是村庄以外一个偏僻的地方，走在黄泥夹杂着小沙粒铺成的小路上，举目望去，远处有一座山，山脚下的大树夹缝中插着一间小平房。路两旁种着香蕉树和荔枝树，树以外是宽阔的稻田。一路上，除了我们一群人，没看见有人路过。吹喇叭的男人吹着哀调，亲人的哭声不断，棺材被两个瘦瘦的中年男人抬着，绳索磨擦着竹担，发出吱吱呀呀的声音，路边的野草绿油油，被晨风吹得摇摇摆摆，香蕉树上结着一串串香蕉，弯腰看着我们。

走近小平房，看见一个年过六旬的老人，头发半黑半白，手拿白灯笼，站在门口招呼我们。小平房洁白的墙壁，灰色的屋顶，一张木桌配一张木椅，桌上有一个记事簿。老人在簿上写了一行字，就算把太公收下了。两个瘦男人抬着棺材绕过小平房，送到埋人的坑里。

时间广大神通，主宰万物的生死轮回，花草树木，动物人类，无一不被它控制。它可以穿透人的肉体和灵魂，慢慢地吸去人的血，削去人的肉，只留下骨头。

太公埋了两年后，八村那个老人把太公的遗骨挖出来，搬进一个院子里，放在一块麻布上，熟练地把一块块大大小小的骨头拼成人形，数过，一块不少。老人数骨头时不惊不忧的神情深深地刻在我的记忆里，我在他身上读出死的平常。我一边看老人拼骨架，一边环顾四周，忽然留意到，这里生了很多蓝色的喇叭花。我从没见过那么旺盛的喇叭花，尤其是小平房周围，地上、树上、房顶上都是精神饱满的喇叭花。于是那时开始，我认为喇叭花跟死人有关，甚至觉得死人和喇叭花有相似的灵魂。它们从地上爬到树上，张开嘴，好像跟空气说话，又很像对着云朵唱歌。很多年过去了，每当我看见喇叭花，就会想起太公，觉得他一直存在于这个世界。

亲人对着一副完整的骨架施礼，然后装进瓦罐。从此，太公入土，为安。

八村住的是死人，还有这个看守的老人偶尔来收尸，挖骨头，剩下的全是植物和泥土。我想，有了八村，才是完整的村庄，活人是人，死人也是人，都住在这里，总有一天跟这里的庄稼和野草一样，归于土。

我十岁开始跟着父母下田干活。乡村每一片田都有名称。比如：积生、自留地、猪凳、双水、牛墩……有一次，我去牛墩收割稻谷，才知道牛墩就在八村附近，我家的田跟八村那间小平房只隔了十几米。

村民带着丰收的喜悦，扎进金黄的稻田。沉甸甸的稻谷，比村民的汗水更有分量。阳光猛烈地烤着大地，树上的蝉声亢奋、绵长，鸟鸣此起彼伏，田沟里的水缓缓流动，风一来，成片的稻海簇拥着，掀起波浪，原野发出原始的欣喜的成熟的声音，似乎在赞颂所有扎根于大地的生命。村民挥洒着汗水，将身心融入这片稻海中，在季节的胸膛上，一刀一刀地收割，稻谷一粒粒，在村民的手下滚动，笑声，镰刀割断稻根声，打谷声，声声入耳。这是村庄一幅迷人的风景画。

正当人们沉浸在丰收的喜悦中时，一声声喇叭哀乐由远及近，村民顿时议论纷纷，不知谁家有人去世了。我望着小平房，又见那个老人提着白灯笼。这一次，我看他长得像一尊佛像，隔着十几米的距离，也能感觉到他的脸上有佛光轻柔地传过来。一个每天和死人见面的人，见证着一副副完整的身体腐化、蒸发，骨架从血肉里分离出来。他的手摸过那么多死人的骨头，定是深懂了生命的原理，不然他怎会这么淡定从容？到最后，人一生的喜在骨头里，悲也有骨头里，前尘往事都化成了烟，生命原来那么轻，那么轻。

稻田上的气氛忽然变得沉重，村民一边收割，一边说着生命的长短。这边收获，那边送葬，时间在不和谐中流动，无法抵制哭声，也无法抵制收割声。人们装满一袋稻谷，又装满一袋稻谷，时间一点点地圆满，又一点点地逝去。抬谷的人顾不得谁死了，有人累了，坐在田头的荔枝树下大口大口地吸烟，吐出的烟雾在空气中飘飘绕绕，一会儿就消失得无影无踪，那些烟雾，能在世间飘一会，也叫永恒吧。稻田外的葬礼完了，稻田一茬茬矮下去，打谷机不停地转动……

我坐在田基的空地上休息，又看见喇叭花。它们躺在地上，仰起头，望着天空，无声地笑着，蓝得像天，纯得像婴儿，散发着泥土的气息，充满生命力。我宁愿相信，每个人死后，灵魂都如喇叭花一样，蓝蓝的，纯纯的。

之后，我常常经过八村，去牛墩的田里干活，那里有时种稻谷，有时种玉米，有时种甘蔗。每一次走近八村，我都会望望那间小平房和那个守村的老人。那里的喇叭花一直旺盛，老人的头发越来越白，神情越来越像佛，我经过八村时的心情越来越平静。

如今，故乡的田都成了楼房和马路，八村也早已消失了。现今的死人大多火葬，无须那个腐化的过程。火葬，明显比在棺材里或土坑里腐化来得痛快。人死了就死了，能不能完整地把骨头留下来并不重要，重要的是无憾地活过。

八村，是我对生命最深刻的记忆。

－ 老屋的杨桃树 －

二十年前，老家不远处有一块田建成赵氏杨桃园。不知从哪里买来了几百棵杨桃树苗，整齐地种在园里。

此杨桃园，几十亩大，四面环水，与木瓜园相邻，与鸟的天堂相近。那里空气宜人，水土纯净，杨桃树长势喜人。

第一次去杨桃园，就强烈地感受到繁茂和热闹的生命气息。第一次吃这里的杨桃，就颠覆了我一直以来对杨桃的印象，不再是酸，不再是涩，不再是瘦。是的，这里的杨桃饱满而鲜甜。于是，我以为，杨桃树一定要群养，要像这样，几百棵杨桃树簇拥着，一起发芽、一起开花、一起看日落日出、一起听风淋雨，才能结出饱满鲜甜的果实，才算活得美好。

过了几年，我家婶婶买来一棵杨桃树苗，种在老家的空地上。

老家，类似四合院，由三间大屋、三个天井、一间石磨房、一间猪屋、一块空地构成。空地在老家的中心位置，左靠五太婆的大屋，右靠爷爷奶奶的大屋。小时候，空地上常堆放着稻草、木柴、箩筐、旧箱、破罐。

太公、太婆相继去世，年轻人也搬去了新屋。如今，只有爷爷奶奶还守在老屋里。那年，我回老家看望爷爷奶奶，发现空地上种了一棵矮小的杨桃树。

小杨桃树苗没有选择，它生命的轨迹就这样简单地，被婶婶安排在老屋。不在辽阔的田里，不在高大的山头，不在大海边，偏偏在这寂静窄小的空地里。柔弱的杨桃树，像一堆破罐烂瓦脱胎换骨后的小生命，给寂寥的老屋增加了几分生气，只见它稀疏的叶子，纤细的树枝，孤零零地插在泥土里，给我无限的盼头，忽又给我无限的伤感。

这杨桃树的长相太可怜了，不禁让我想起曾经住在它左边大屋里的五太婆。

五太婆是我太公五弟的太太，已去世二十多年，她一直像谜一样活在我的生命里。在我的记忆中，五太婆一直一个人住在那间大屋里。她的大屋简陋而干净，大厅里有一张床、一张桌、几张椅、一个木柜。屋里没有小动物，也没有小植物。她的大屋里，除了她是一个活人，其他都是死物。

听说，五太公四十多岁就去世了，留下五太婆和一对儿女艰难地生活。后来，五太婆的儿子去香港打工，并在香港定居、结婚、生儿育女，一年回来一两次探望五太婆。而女儿嫁去顺德镇，一年回来几次。她就这样带着绝对的寂寞生活在屋里，每年用长长的日子等待儿女来看她。

五太婆的儿子，我管他叫大公，他每次从香港回来都带食物、衣物和生活费给五太婆。

五太婆几乎不与外人交往，那时巷子里的老人喜欢找处舒服的地儿聊天、打天九牌，五太婆从不参与进去。记忆初期，五太婆身体还不错，每天自己去市场购买食物。后来，她腿不灵便，我母亲便承担起帮她买菜的责任。五太婆话少，需要生活用品和食物时，才会主动叫亲人买。我八岁开始帮五太婆挑水，她的水缸不大，大约能装三担水，每次用完水缸里的水，五太婆都不好意思地叫唤隔壁的我："丫头，有空帮我挑挑水吧！""好的，马上就去。"我总是爽快地答应。说实在的，挑水是累人的活，但我没有一次推辞过五太婆。

五太婆身材高瘦，皮肤白皙，圆眼睛，大耳朵。虽然她老了，但还能在她的轮廓里想象她年轻时的漂亮。不爱交流的女人是神秘的。五太婆就是以一种神秘而漂亮的形象深深地印在我的记忆里。

晴天时，五太婆一定在天井里晒太阳。她的天井不大，天井四面是墙，其中有个墙角放着一块大理石花盆，只是盆里长年不种花。早上，五太婆把藤椅搬到天井东边，阳光从东墙跨进来，正好照着藤椅和五太婆，阳光下的五太婆眯着眼睛，斜靠椅背，身体放松，一副极其享受的模样。有时我在她身边走过，叫她一声，她会很迟钝地应一声。下午，五太婆把藤椅搬到天井西边，不紧不慢地晒阳光。天井是五太婆的私人空间，她像一个隐逸者，与人群隔离，不问世事，一个人清心寡欲、心无旁骛地活着。天井的小门通向一块空地，有风进进出出，我家的鸡偶尔走过。

天井里有五太婆的风花雪月吗？一个漂亮的女人，在一个天井里，演一生的爱情，从疼痛演到平静，从繁茂演到寂寥，似乎忘了痴嗔癫狂、忘了争取。我曾想象过，五太婆身边坐着一个温柔儒雅的男人，他为她梳理被风吹乱的头发，为她在花盆里种上鲜花，他们一起赏花，晒太阳，谈天说地，时不时传来笑声。

那个冰冷的寒夜，父亲和叔叔合力拆开五太婆的大木门，我随着父亲直奔五太婆的卧室，只见无数碎纸币，像一个个绝望的符号包围着五太婆，她头靠着墙，发凌乱，奄奄一息地坐在地上，嘴里喃喃自语，貌似疯了。家人请来医生，医生把脉后说她身体很虚弱，估计是精神受了刺激，有寻死的倾向。经过一段时间的治疗，五太婆的精神缓过来了，母亲听她说，有人把她部分钱和金器偷走了，她一气之下把剩下的钱全撕碎，并想一走了之。因此事，我觉得五太婆更可怜了。

五太婆越来越老，她的儿女也老了。香港的儿子身体不好，几年也不回乡来了，定时寄钱来给五太婆，女儿也极少回来。九十多岁的五太婆行动很不方便。那年冬天特别冷，五太婆家的大门经常不打开，每次经过她的门口时，都有一种阴森恐怖的感觉，生怕她死了。那次，连续一个星期不见五太婆打开家门，母亲敲了几次门，没人应，父亲只好又拆门，看见五太婆时，她又是奄奄一息的样子。医生说她这次恐怕不行了。他的儿女听见如此，马上回乡，守在五太婆身边，直到她去世。

从此，五太婆家大门紧锁，她一生的寂寞也被锁进了时光的匣子里。

再次见老屋的杨桃树，它长高了，叶子多了。走近细看，有很多黄的绿的杨桃混在叶子间。这些饱满的杨桃，就是杨桃树的梦想吧。生命既然在这里扎根，就不指望遇见多精彩的风景，只努力地吸泥土的营养，享受阳光与雨水，平静地生长。站在杨桃树旁，我内心欣喜。阳光温柔地照着我和杨桃树，我们的影子重叠着躺在泥地上，像抵达了深深的纯朴和简单。我摘了几只成熟的杨桃，细细揣摸它棱角分明，却不刺手的身体，领略到一种生命的质感。那一刻，我对五太婆的孤独有了新的认识。

杨桃树越长越高，如今有大屋那么高。有的树枝越过围墙，探进五太婆的天井，一只只杨桃像一个个生动的故事，挂在围墙上，摇摇曳曳，诉说着人间悲喜，如果五太婆还在，她们就是彼此的伴儿。有的树枝遮住了厨房顶，我爬上厨房顶，坐在瓦片上摘杨桃，忽见有瓦破开了洞，阳光穿过洞，射进厨房。我的眼睛也穿过洞，看见空空的水缸、冷冷的灶和虚掩的木门。五太婆的故事隐隐约约，穿墙而来，不经意间，泄露了时光的秘密。我的忧伤落在瓦上，像落叶一样，一点一点地包围了杨桃树，盘桓不去。

光阴一晃过了十几年，一棵杨桃树，也一晃过了十几年。

父亲把杨桃树当作自己的孩子，悉心照料它。每年春天，父亲都给杨桃树修剪树枝，父亲不厌其烦地剪，枝叶不厌其烦地长，我不厌其烦地摘杨桃。杨桃树的叶子常绿，像一团团绿色的云，飘浮在院子的上空，成为院子里最新鲜的风景。杨桃树一年结两次果，每次回老屋，我们都用一支竹竿系上一个网，把杨桃网下来。杨桃树可开花结果，用鲜甜的果汁滋润我们的乡情。而五太婆的寂寞却一步步走向深渊，在绝望中消逝。

五太婆的大屋颓废荒芜，砖皮剥落，苔藓漫漫，远走他乡的子孙一直没有回家。春光照不见旧颜，杨桃叶开了又落，落了又开。老屋里的乡愁被风寄去很远的地方……

－ 爷爷的慢性子 －

爷爷的一举一动，一言一语，都是慢的。爷爷的慢性子，似乎与生俱来，无人能改变。

爷爷年轻的时候，村里安排他当稻田的排水员。他每天在田里走走，望望，留意稻田的水位。如果田里的水深了，就排出多余的水，保证水稻在浅水环境中进化，不让幼根在田里因缺氧而腐烂。爷爷长年走在田里，熟悉节气特点和庄稼的习性，是个被村民信赖的排水员。这样的工作是轻松的，适合爷爷的慢性子。

听奶奶说，父亲 16 岁那年开始在生产队参加劳动。父亲能吃苦，耐劳，胆子大，小小年纪就学会撑船，成为家里的主要劳动力。爷爷因此过得更轻松。

慢性子的爷爷几乎没有拼搏过，他生下来就有屋住，又娶了一位雷厉风行的妻子，中年时孩子们孝顺勤劳，日子过得平和幸福。奶奶常会埋怨和数落爷爷手脚慢、不思进取。然而，奶奶一直没有办法改变爷爷。

不知是奶奶天生干活快，还是因为爷爷干活特别慢，她只好加快自己的速度才能跟得上生活的节奏，还把儿女们训练得勤劳能干。

在我有记忆以来，爷爷就在城镇一间厂房里守门，由于城镇离乡村有十公里，那时交通不方便，爷爷每次回家只能骑自行车。因此，爷爷很少回家，他俨然一个城市人，守着城里的厂房，过着不太劳心不太劳力的生活。爷爷回乡时，总是穿得干干净净，骑着他的28寸自行车，慢慢地踩动脚踏，像一阵悠闲的风从城里吹进村庄。

爷爷回家后，不用喂猪，不用做饭，因为这些都被勤劳的奶奶和姑姑做了。爷爷偶尔会到地里浇浇水，除除草。

柑地里，村民蹲在泥土上快速地用草镰割草。不一会儿，割下的杂草就堆成了小山，天还未黑，整块地的杂草都被移走了。而爷爷呢，他穿着整洁的衬衫，拿着一把小直刀，慢慢地斯文地往每一棵草的根部切下去，细心地把草挖出来，像一个书生拿着一本书一个字一个字地读，生怕记不清一棵草的模样。直到他和柑地融进暮色中，柑地里还有大部分的草没被除去，反而长高了。不过，我们不能忘了一个事实，那就是被爷爷除过草的柑地，很久也长不出草来。爷爷的慢性子显然不符合一个农民该有的劳动姿态，他跟不上草的生长速度，跟不上打谷机转轮的速度，跟不上一场风雨的速度，但他不急，谁替他急，他也不急。

爷爷60岁时，不再在城里的厂房里守门了。回乡后，他开始带孙子，那时的爷爷显得豁达、慈爱、健谈。常会买糖果饼干给孙子们吃。后来，四姑建了一间电柱厂，爷爷便在电柱厂里守门。四姑的电柱厂背面靠山，正面临水，风景优美。四姑在空地上开垦了一个菜园，菜园里种着各种各样的蔬菜，爷爷住在菜园旁边的小木屋里，日夜守着厂房和菜园，每天淋菜收菜、养狗带外孙，享受天伦之乐和田园之趣。没有压力，没有硝烟，没有大追求，爷爷就这样过着与世无争的生活。

慢性子的爷爷是温和的，我从来没见过他对家人或外人发过脾气。他说话的节奏慢条斯理，奶奶生气骂他时，他一言不发，只会傻笑。

奶奶和爷爷因为性格上的差异，老来一个住东屋，一个住西屋，不吵不闹，用自己喜欢的节奏生活，隔着距离守护着这个大家庭。

爷爷越来越老，做事越来越慢。

天亮了，爷爷慢慢地起床，龟步迟迟地走向菜市场，像河水慢慢地流动，像云朵慢慢地飘。

太阳慢慢地落山，爷爷慢慢地洗菜，切鱼。炉灶旁，爷爷弯腰坐着，专注地点燃木柴，炊烟袅袅，火光照着爷爷苍老的脸和白发，显得温暖、安祥。饭熟了，厨房里，院子里充溢着饭香。爷爷夹起一块鱼，有滋有味地吃着，白胡子油亮亮，目光有神。吃完饭，爷爷打开收音机，靠在沙发上，优哉游哉地听故事，那一刻，我觉得爷爷深懂生命的真谛，他这一生是用来享受的。

爷爷能用自己喜欢的方式活着，定是有一种信念支撑着他的内心。他不奢望大富大贵，不求名扬四海，只是静静地活向最真的自己。我希望，爷爷慢一点老，再慢一点老，让他的生命不断延长。生命给了他慢性子，就让他把每顿饭做得长一些，把每碗饭吃得长一些，把每段路走得长一些。或许，慢，才会让生命韵味悠长。

"行成于思而毁于随"，爷爷做任何一件事，都是经过深思熟虑的，他有意将每一件事做到最好。"慢工出巧匠"，爷爷给我们做的木凳和陀螺都特别圆滑坚固。"慢"所蕴含的长久、妥善、清醒，确实值得每一个人深思。

有一次，我去看望爷爷。他正跟我说着毛主席的故事，说得很慢，气有点跟不上来。忽然，神阁上传来一阵窸窸窣窣的声音，天窗上的阳光照在神阁上，一只老鼠在光影里跳来跳去，然后顺着木梯溜到地上，最后冲出大门口。我说，爷爷，屋子里有好多老鼠吗？爷爷说，是啊，屋子里长期有老鼠，捉也捉不完，白天偶尔出来玩玩，晚上闹得厉害。我说，这么多老鼠，赶紧用毒药杀死它们吧！爷爷说，急不来，老鼠是杀不完的，我这里没啥好吃的，它们想闹就闹吧。我想，爷爷的屋子太静了，他也太闲了，没有老鼠来闹，爷爷可能更寂寞更无聊。像这样，无聊时捉捉老鼠，捉到了，高兴一下，捉不到，就当消磨时光。慢慢地，没完没了地做着闲事，不急着一下子做完，这就是爷爷捉老鼠的态度了。

爷爷九十五岁了，前几年，他做过一次手术，身体变得很虚弱，背忽然驼得厉害，像一枚干瘪的果子挂在树枝上，在风雨中摇摇欲坠。他连慢慢走向市场的力气也没有了。

爷爷是热爱生命的，每次病了，都会主动提出看医生。住院时，爷爷总是一副波澜不惊的样子，似乎在告诉亲人，他会好起来的。

走近中年的我，喜欢上慢生活。走路慢，一条三百米的绿道，可以走上1小时，一朵花，可望上良久。写作慢，一字一句，都经过细细思量。语迟，不急着跟任何人表达自己的意见和思想，喜欢一个人慢慢地消化世事，静静地感悟生命。因此，今天的我，能深刻理解爷爷的慢性子。

做事嘛，慢点，就慢点，快乐就好，成功更好。其实，爷爷活出了人生的大境界：淡泊，慎慢。